怪物解剖学

[日] 种村季弘 著
林煌 译

九州出版社
JIUZHOUPRESS

图书在版编目（CIP）数据

怪物解剖学 /（日）种村季弘著；林煌译.--北京：九州出版社，2021.12（2023.5 重印）

ISBN 978-7-5225-0516-9

Ⅰ.①怪… Ⅱ.①种…②林… Ⅲ.①随笔—作品集—日本—现代 Ⅳ.① I313.65

中国版本图书馆 CIP 数据核字 (2021) 第 190800 号

KAIBUTSU NO KAIBOUGAKU by SUEHIRO TANEMURA
©SHINAMA TANEMURA 1987
Originally published in Japan in 1987 by KAWADE SHOBO SHINSHA Ltd. Publishers
Chinese (Simplified Character only) translation rights arranged with
KAWADE SHOBO SHINSHA Ltd. Publishers, TOKYO.
through TOHAN CORPORATION, TOKYO.

版权登记号 图字：01-2021-0865

怪物解剖学

作　　者	［日］种村季弘　著　林　煌　译
责任编辑	周　春
出版发行	九州出版社
地　　址	北京市西城区阜外大街甲 35 号（100037）
发行电话	（010）68992190/3/5/6
网　　址	www.jiuzhoupress.com
印　　刷	北京天宇万达印刷有限公司
开　　本	130 毫米 ×185 毫米　　32 开
印　　张	9
字　　数	187 千字
版　　次	2021 年 12 月第 1 版
印　　次	2023 年 5 月第 4 次印刷
书　　号	ISBN 978-7-5225-0516-9
定　　价	42.00 元

★ 版权所有　侵权必究 ★

目 录

哥连的秘密　　　　　　　　001

怪物的制造法　　　　　　　025

魔术师西门　　　　　　　　051

瓶中精灵　　　　　　　　　075

少女人偶弗朗辛　　　　　　099

原始人的再生　　　　　　　121

自动人偶庭园　　　　　　　145

曼德拉草之旅　　　　　　　167

机器人的谱系　　　　　　　187

皮格马利翁之恋　　　　　207

分身的彷徨　　　　　　227

矿物新娘　　　　　　　249

怪物胎生考（代后记）　　271

哥连的秘密

我未成形的体质,你的眼早已看见了。你所定的日子,我被造的肢体尚未有其一,你都写在你的册上了。

——圣经《诗篇》139:16

借由古斯塔夫·梅林克[1]出版于1915年的同名小说和保罗·威格纳[2]的电影《泥人哥连出世记》(1914年),今时今日,在既无入口亦无出口的石造密室中以黏土制成的怪物哥连已是广为人知。我的这篇文章要讲的是卡巴拉里出现的秘教式的哥连形象,不过在这之前,我想先在小说和电影的世界里探索一番。

众所周知,梅林克的小说以布拉格的犹太人区为舞台,威格纳的电影也取材于17世纪古色苍然的布拉格。

---

1. 古斯塔夫·梅林克(Gustav Meyrink,1868—1932),奥地利小说家、剧作家。代表作是长篇小说《哥连》。
2. 保罗·威格纳(Paul Wegener,1874—1948),德国导演、演员。

《泥人哥连出世记》是默片的杰作，现在的影迷们对它也是津津乐道。前些日子，在坐满了年轻观众的杉并公民馆里，我时隔多年又有机会见到保罗·威格纳本人扮演的哥连和厄恩斯特·多伊奇[1]扮演的拉比的助手。电影里拉比和长老们祈盼救世主降临的集会场面，还有最后一幕少女抱起奄奄一息、清净纯真的哥连的画面依旧让人不禁赞叹。这唤起了我对《泥人哥连出世记》的取材对象——围绕16世纪末犹太人拉比洛伊乌[2]的一系列传说——的记忆。虽然《泥人哥连出世记》把拉比洛伊乌设定为哥连的制作者，但海伊姆·布洛赫编纂的小册子《布拉格的哥连》里留下了十几例制作"סמלוג"（也即哥连）的记录，拉比洛伊乌不过是其中最出名的一例而已。《泥人哥连出世记》的故事应该是以拉比洛伊乌的事例为中心，又兼采其他几个关于哥连的传说完成的。

在梅林克的小说问世之前，已经有过几本和哥连类似的怪物题材小说。E.T.A.霍夫曼[3]的《沙人》和阿希姆·冯·阿尔尼姆的《埃及的伊莎贝拉》是其中的代表。在19世纪初期，哥连的故事还是以比较纯粹的转述形式出现，主要记

---

1. 厄恩斯特·多伊奇（Ernst Deutsch，1890—1969），德国演员。
2. 拉比洛伊乌（Judah Loew ben Bezalel，1512或1526—1609），犹太教学者、哲学家，有"布拉格之主"之称。
3. E. T. A. 霍夫曼（Ernst Theodor Wilhelm Hoffmann，1776—1822），德国浪漫主义作家、法学家、作曲家、音乐评论人。

录了东欧犹太人间流传的哥连传说。其中最有名的是雅各布·格林[1]发表在浪漫派主阵地《隐者报》(1808年)上的一例,虽然稍显冗长,这里还是简单介绍一下。

> 波兰的犹太人们会在念唱祷文禁食数日后,用明胶或黏土捏成人偶。然后,人们对着人偶念诵祈盼奇迹显灵的七十二字母神名[2](Schemhamphoras),人偶就拥有了生命。人偶虽然不能言语,却大致能听懂人类的话语和指令。波兰的犹太人们把人偶称作"哥连",让它当处理一切家务活的仆从。但是,哥连绝对不能离家一步。哥连的额头上刻有"emeth"(真理)的字样。随着年月流逝,一开始小巧的哥连逐渐变大,成为比家中所有人都要更高大、更强壮的大块头。于是,犹太人们第一次对哥连感到恐惧,擦去了哥连额上的第一个字母,只剩下"meth"(已死的)。哥连于是立即崩坏,化为黏土。有一个男人,他的哥连高大得让人害怕。因为放任哥连不断变大,男人即便伸长了手也够不到哥连的额头,这让男人相当不

---

1. 雅各布·格林(Jacob Ludwig Carl Grimm,1785—1863),德国法学家、作家,和弟弟威廉·格林一起搜集并编纂《格林童话》,以"格林兄弟"之名为人所熟知。
2. 七十二字母神名,描述隐秘于卡巴拉(也包括基督教卡巴拉与赫密士卡巴拉)之中的上帝圣名,同时也存在于更多主流的犹太教论述里。它可以由4、12、22、42或72个字母组成,其中72个字母组成的最为常见。

安。于是他命令哥连为他脱去脚上的长靴,他便可以趁着哥连蹲下的当儿伸手够到它的额头。事情也正如他所料,第一个字母"e"被顺利擦除,但粉碎的黏土块却一齐落在了男人身上,把他给压扁了。

主宰哥连生死的圣名封印在以上的叙述里是"em-eth",其实还有若干别的说法。比如,封印是神的圣名"Schemhamphoras"或"Schem-hamforasch"时,就拿掉第一个音节"Schem",这样哥连就会化为黏土。封印的部位也不限于额头,还有胸口和嘴唇上方的说法。

总之,在东欧的犹太人看来,制造哥连并不是什么值得惊叹的奇迹。那么,为什么唯独拉比洛伊乌脱颖而出,变得这么有名呢?这大概和拉比洛伊乌制造的哥连十分精巧,而且创纪录地存活了十三年有关,但理由也不限于此。顺带一提,拉比洛伊乌的哥连卒于1593年5月10日,这个日期让人想起16世纪发生在东欧的犹太人迫害事件(反犹骚乱)。民族危机当前,一直被囚锁在密室之中的哥连终于被解放出来对抗施暴者。这一幕也在威格纳表现哥连和哈布斯堡王朝作战英姿的电影里得到了某种程度的暗示。也就是说,哥连的出现和对救世主的渴望并不是毫无联系的。

让我们根据传说再回顾一下拉比洛伊乌制作哥连的过程。1580年的布拉格城里,反犹骚乱十分猖獗,拉比洛伊乌沉湎于祈祷和冥想，以求找到逃出生天的解救之道。某夜，神在拉比洛伊乌的梦中现身，托梦嘱咐拉比洛伊乌以黏土块为原料制作哥连，方可消灾解厄。拉比于是和两位助手一起在伏尔塔瓦河[1]沿岸造出一个泥人。随后，其中一名助手从左向右围着泥人转了七圈，拉比念诵咒文，泥人便如火焰一般燃烧起来。此时，另一名助手也念诵咒文，又从右向左围着泥人转圈，于是火焰熄灭，冒出蒙蒙的热气。泥人头上生发，手指生甲。拉比围着这尊有些瘆人的泥人绕行，其间三人不断地念诵《创世纪》里"耶和华神用地上的尘土造人，将生气吹在他鼻孔里，他就成了有灵的活人"（创2：7）的一节。最后，拉比洛伊乌把写有"Schem"字样的羊皮纸贴在泥人嘴唇的上方，泥人就猛地睁开眼睛，慢慢抬眼望向四周，如野兽一般霍地站起身来。

大家为泥人披上衣裳，穿上鞋子。这样一来，除了不能开口说话以外，拉比洛伊乌制造的哥连和人类毫无二致。哥连的语言能力只能由神赋予。从那之后，哥连在工作日时便化身仆从，勤勤恳恳地劳作。安息日时则被取下圣名封印，稍事休息。除去不能开口说话这一点，哥连经常表现得比人类还要出色。又因为护符的加持，哥连可以随意在人前隐身。哥连成了犹太人区的守护神。十三年

---

[1]. 伏尔塔瓦河，捷克最长的河流，发源于波希米亚森林，自南向北流经南波希米亚州、中波希米亚州和首都布拉格，最后注入易北河。

后，反犹骚乱终于告一段落，哥连也完成了它的使命。虽然欧根·乔治在那年的5月10日写下"哥连已死"的笔记（《人和秘密》，1934年），但《人造人》的作者赫尔穆特·斯沃博达（Helmut Swoboda）却宣称，拉比洛伊乌又把哥连还原成黏土块，藏在了布拉格老新犹太会堂[1]的一间密室里。还有另一种说法，这个黏土块后来又被会堂的男仆亚伯拉罕·本·萨哈利亚盗走，并重新注入生命。但男仆违背神意的行动没能成功，反而为自己招致祸患。综合以上的三则证言，哥连在化为黏土之后又重新获得了生命。不过，由于每种说法之间都存在着矛盾，所以每种说法其实都是哥连这一永劫回归式的递归模型的一个断片，这很有意思。

哥连被藏在老新犹太会堂里的说法直到近年来都还得到广泛的认可。梅林克的小说《哥连》里的一个人物在回忆小时候从父亲那里听来的故事时也触及了这段历史：

> 我曾经多次和负责保管老新犹太会堂圣器的长官谢马亚·希勒尔讨论过这个问题，这位长官负责保管一种鲁道夫二世[2]时代的黏土人偶。希勒尔认为，

---

[1]. 老新犹太会堂，完工于1270年的哥特式风格建筑，位于捷克首都布拉格的犹太人区，是欧洲仍在使用的最古老的犹太会堂，也是现存最古老的双大厅设计的中世纪犹太会堂。
[2]. 鲁道夫二世（Rudolf II，1552—1612），哈布斯堡王朝的神圣罗马帝国皇帝（1576—1612在位）。

这块被卡巴拉附体，被接上人类手足的黏土块……大概是某种提示"回归"的预兆。在附近徘徊的那位不明人物就是中世纪的某位拉比在成功地为哥连赋予形体之前，在脑海中创造出的空想形象或者说心像，这和关于哥连永劫回归的猜想是彼此契合的。这种猜想也就是：哥连遵循着某种周期性规律——比如当恒星位置和它被创造出来时的恒星位置重合时——便被重新唤起获取物理生命的冲动并不顾一切强行回归。

这么看来，虽然梅林克关于哥连的观点得到了以海伦娜·布拉瓦茨基夫人[1]的印度-犹太式救济思想为基础的神智学[2]的提倡，但梅林克的观点其实是多种思想和观念混杂的产物。总之，他的观点可以总结为：末世的预感和人们对救世主降临的极度渴求会有规律地回归、重复，每当这样的时代到来时，把仍旧存活的心像注入已死的黏土人偶里，哥连就会复活。而且，可以感应这种末世祈求的黏土人偶——按照梅林克的说法——现在仍被存放在老新犹太会堂的密室里，为将会再度来临的犹太骚乱做着准备。现实中的布拉格时隔四个半世纪又再度遭遇了一场犹

---

1. 海伦娜·布拉瓦茨基（1831—1891），俄罗斯神学者，神智学与神智学协会创始者。
2. 神智学，一种宗教哲学和神秘主义学说。神智学认为，史上所有宗教都是由久已失传的"神秘信条"演化出来的。

太人大屠杀，来势凶猛，情状惨烈。如果把长期被贮藏起来的黏土人偶比作犹太民族，这层看似荒唐无稽的寓意就似乎有了几分现实的味道。

有趣的是，拉比洛伊乌制造哥连的三百二十多年后，同时也是梅林克的小说出版数年后，另一位布拉格的犹太作家实地进入了老新犹太会堂，来确认传说中的黏土块是否真的存在。这位探险家是有着"果敢记者"之称的著名记者埃贡·基希[1]。他是弗兰兹·卡夫卡的好友，又曾揭秘了巴尔扎克家奇妙的秘密构造，这为他积攒了不少名气。在异想天开的报告文集《果敢记者》中，他兴致勃勃地谈论了自己在老新犹太会堂阁楼房间里的见闻。结论是，基希并没有（在老新犹太会堂里）见到哥连。他推测，哥连应该被人从阁楼房间转移到了市郊的加尔亨山（Galgenberg，意为绞刑架之山），并被埋葬在山里。不过，还有另一种默默流传的说法，称这位干练的新闻记者在阿尔克咖啡厅向一大群同行亲口确认，自己在会堂里看到了哥连。

电影、小说和新闻里的哥连形象多少都披着一层商业主义迎合通俗趣味的糖衣，被"近代化"了，这个趋势也延续到了现在。虽然其中肯定少不了修饰，但哥连原型的形象并没有我们现在看到的那样一目了然，也没有刻意迎

---

1. 埃贡·基希（Egon Kisch，1885—1948），奥地利和捷克斯洛伐克记者、作家。他采访的足迹遍布全球各个偏远角落，因此被称作"果敢记者"。

合近代人的喜好。那么，犹太神秘思想脉络中的哥连，到底是有着怎样含义的怪物呢？

"哥连"一词来源于希伯来语的"golem"，意为"无形的，未定型的"，又可以引申为"胎儿"的意思。本文开篇引用的《圣经·诗篇》"我被造的肢体尚未有其一"（诗139:16）一句中如腹中胎儿一般，五体没有发育完全的"半人"状态即符合此意。说起来，哥连如胎儿和幼儿一般柔软，身体却像巨人一样异常肥大（根据雅各布·格林的说法，哥连最初小得可怜，之后却以肉眼可见的速度不断变大）。与此相反，虽然身体和巨人无异，却缺乏语言能力、理解能力这些构成一个完整的人的条件，换句话说，哥连也可以被视为在完成之前忽然停止发育的巨型人。威格纳电影里的哥连在面对拥有诸般成人欲望的拉比的助手时，激烈地做着抵抗，带着几分孩童般天真而又不容分说的勇猛，但和少女们相处时却显得颇为亲近。处在未完成状态中的哥连以让人惊异的速度完成了猛犸象般的定向进化，又简简单单地化为黏土。犹太教拉比口耳相传的经典《塔木德》[1]记载了讲述这一过程的段落：

1.《塔木德》，是犹太教中地位仅次于《塔纳赫》的宗教文献，成书于公元前2世纪至公元5世纪间，记录了犹太教的律法、条例和传统。其内容分三部分，分别是密西拿（Mishnah）——口传律法、革马拉（Gemara）——口传律法注释、米德拉什（Midrash）——圣经注释。

> 拉比拉巴有言：义人只要称信，便可造出一个世界。
>
> 拉比拉巴曾造出过一个人偶，他把他的造物送到拉比杰伊拉跟前。拉比杰伊拉对着这造物说话，造物却不回答。于是拉比杰伊拉朗声念道：汝乃吾同伴所造，汝当回归本元，化为尘土！
>
> 每个安息日前夜（即犹太教的周五），拉比哈尼那和拉比欧沙亚会借《创造之书》得到一头三岁的牛犊。二人便宰之烹之，为安息日祝贺。
>
> ——《犹太公会》65b

拉比拉巴造哥连的传说大约形成于公元4世纪。献祭牺牲时起作用的秘传书《创造之书》（*Sefer Jezira*）共有两本，这里提及的是其中年代较早的一本，开始编纂的年代约为公元200年，成书年代约为公元500年至800年间。总之，早在中世纪初期，哥连就已经被制造出来了。不过，虽然记载中制造哥连的常常是犹太教的拉比或精通宗教秘传的人，但最初创造哥连的明显是神。哥连的创造在这里和天地创造的创世说联系在了一起。《塔木德》里有关于天地创造十二时刻的叙述：

> 最初的时刻，尘埃被聚集起来。第二个时刻，尘埃被捏合成一尚未完全成型的土块（即哥连）。第

三个时刻，土块被安上手足。第四个时刻，土块被注入灵魂。第五个时刻，他起身成直立状态。第六个时刻，他为野兽命名。第七个时刻，他成为夏娃的伴侣。第八个时刻，两人入寝，醒来时变成四人（这里降生的是该隐和他的双胞胎妹妹，亚伯和他的双胞胎妹妹则在亚当与夏娃二人堕落后降生）。第九个时刻，他被命令不可摘食智慧树上的果实。第十个时刻，他犯了罪。第十一个时刻，他遭审判。第十二个时刻，他被放逐（出伊甸园），离去。

——《犹太公会》38b

这里的"他"指的是亚当。所以，哥连也就是在神吹入鼻息（灵魂）的第三时刻之前停止了发育的、未成形的初始人类亚当。不过，这里暂且不就亚当和哥连这两个被造物根源上的关系做过多的讨论。更令人在意的还是模仿神造哥连的人造怪物（即人造的哥连）是否是一种对神不敬的模仿？

《塔木德》收录了关于中世纪创造哥连的秘教传承内容，不过《创造之书》里相关的内容要更多。说到在哥连和《创造之书》的关系上做出精妙论述的人，就不得不提到以色列的犹太神话思想研究泰斗哥舒姆·舒勒姆[1]。哥舒

---

1. 哥舒姆·舒勒姆（Gershom Scholem，1897—1982），德国出生的以色列哲学家和历史学家，他被广泛认为是卡巴拉现代学术研究的创始人。

姆·舒勒姆在《哥连的表象》（收入《卡巴拉与其象征表现》一书）中论及哥连创造时着墨最多的是字母和名称的使用方法。《创造之书》第二章中有如下关于字母神圣的创造机能的叙述。

> 二十二个字母元素。他观察、选择、思考，将它们相互组合、交换（按照一定的法则使它们的位置发生变化）。于是，已被造出之物和将被造出之物都拥有了灵魂。

二十二个字母元素，既指字母表中的二十二个字母，也指共有二十二个元素的"stoicheia"。希腊语中的 stoicheia 有两种含义，既有字母的含义，又可以指（作为物质最小单位的）元素或原子。舒勒姆认为物质和圣名在创造的过程中融为了一体："创造哥连的过程，其实更应该理解为作为创造元素的神的圣名和字母发挥重大作用的过程。这些字母才是最基本的要素，是创造哥连的基石。"

以黏土和圣名、元素和字母、物质和语言两义一体的结合为肇始，哥连诞生了。因此，如果构成圣名的任意一个字母被消去，与这个字母对应的元素也就被消去，哥连在物质层面上陷入不完整的状态，就将立即崩坏。雅各布·格林引述的波兰犹太人的哥连传说源头也在《创造之书》中，这些传说还常在13世纪左右注解《创造之书》的书籍中出现。舒勒姆在这里援引了三个例子来证明自己的设想：一，制造哥连的不是无名的农夫，而是预言者耶利米[1]和拉比便西拉；二，在各种叙述中，当消去刻在哥连或亚当额头上"emeth"字样的首字母时，哥连就会死去；三，字母的互相组合正是生命体形成的绝对条件，将这个意义延伸，也可以说字母的互相组合正是世界形成的绝对条件。《创造之书》在前文引述的段落之后，又继续揭示字母组合的秘密：

> 那么，他是如何考量这些字母（希伯来语的二十二个辅音）并将它们互相组合、交换的呢？把A和其他所有（的辅音）划为一组，把B和其他所有的辅音划为一组，把G和其他所有的辅音化为一组，分别考量、组合、交换位置。于是，所有的字母就会演变出两百三十一种——每一个元素在这一包含二十二个字母的系统中组合变换后得到的数字——变化，潜入众妙之门，形成一个向着终末回归的圆环状图式。于是，所有被造出的物，所有被说出的话，都被证明诞生于同一个大名。

---

[1]. 耶利米，被称作"流泪的先知"，因为他明知犹太人离弃上帝后所注定的悲哀命运，但不能改变他们顽梗的心。

一个大名创造、言说了所有的一切，而所有被造出的物、被说出的话则互相组合，在一个向着终末回归的图式里，重新被封印在一个大名之中。这种字母之中内在的统一性被拿来和天地创造期宇宙的和谐相提并论。如果把人体比作小宇宙，那这也就是人体形成的方式。在这两种情况下，创造的根源都是语言。

《创造之书》成书的背景还包括3—6世纪新毕达哥拉斯主义的发展。数知学上的统一性观念也好，字母和元素的统一说也好，以七行星和七元音的对应关系为基础的"stoicheia"也好，这些理论的起源都可以从中世纪初期往前大幅追溯。稍举一例，公元前1世纪的罗马诗人卢克莱修[1]在《物性论》里就已经论及了语言和元素之间的相似性。

> 这往往是个极其重要的问题：这些相同的原子怎样结合，它们保持着什么位置，提供和接受什么运动；这些相同的原子通过小小的相互转变既能造出火，又能造出木，正如这两个字本身由稍有变化的元素组成，当我们用不同的声音说"火"或"木"时。如果不发明具有与整体性质相同的物质的诸多微小部分，你就不能解释你所看见的事物，于是这种推理就

---

1. 卢克莱修（Titus Lucretius Carus，约前99—前55），罗马共和国末期的诗人和哲学家，以哲理长诗《物性论》（*De Rerum Natura*）著称于世。

结束了你所有的原子。

（中译参照蒲隆译本）

芬兰的民族叙事诗《卡勒瓦拉》[1]把词与物之间的相似性和关于"创造"的问题联系在了一起。吟游诗人维纳莫宁搜寻木料，要造一艘船。维纳莫宁以唱诗的方式来让船逐步成型，唱第一首诗时龙骨就搭好了，唱第二首诗时船桨就造好了，唱第三首诗时船底肋骨的材料就备好了，唱第四首诗时船体各部分的连接处就打磨好了。船就快要造好了，但最后却总也找不到组装两侧船舷的三字咒语。这则咒语藏在哪里呢？在飞燕的脑袋里，在天鹅的脑袋里，还是在家雁的肩上呢？他攀上高山，潜入深谷，求索那块缺失的语言拼图。终于，一个牧羊人告诉他，那咒语就藏在那个在地底打盹的巨人安得洛·维布宁的口中和腹中。维纳莫宁鲁莽地跳进巨人口中，被巨人吞进腹里。维纳莫宁在巨人腹中横冲直撞，难以忍受的巨人一五一十地把咒语告诉了他。

"诗丰乐盛"，维纳莫宁的咒语开启了语言的宝箱和诗的秘柜。"万物的本源""太初的语言"，一个个掷地有声的咒语从维纳莫宁口中蹦出。那抖动的舌头，轻快而有

1.《卡勒瓦拉》（*Kalevala*），芬兰的民族史诗。19世纪时由芬兰医生艾里阿斯·隆洛特收集的大量民歌编成的一部完整史诗，包括50支歌曲，22795行诗句。

力，太阳都侧耳倾听，月亮都停下脚步——在这个例子里，创造也是由语言（诗歌）始，由语言终的。

通过以上的介绍，哥连传说中语言的功能基本上解释清楚了。接着刚才《塔木德》中拉比拉巴的轶事往下说，在那之后，还有不少拉比通过圣言的组合变化创造出哥连。虽然只见于文献，这里还是稍举几例。所罗门·伊本·盖比鲁勒[1]制造出了女哥连（不过哥连原本是胎儿，所以应该没有性别）。这位诗人、哲学家兼神秘学家因此被怀疑在西班牙国王面前使用了妖术，受到指控。他立即让哥连崩解，洗脱了嫌疑，被无罪释放。亚伯拉罕·伊本·埃兹拉[2]也制造出了哥连，虽然他没有实际动手参与制作。但与埃兹拉同时代的著名圣经学者辣什[3]认为，神的大名的变化组合创造了世界，最初发现这一秘教式组合变化之术的人正是埃兹拉。关于前文提到的创造、统管万物运行的语言"世界公式"是何时被发现的，并没有一个确切的说法。《哥连和机器人》的作者约翰·科恩（John

---

1. 所罗门·伊本·盖比鲁勒（Shelomo ben Yehuda ibn Gabirol，约1021—1058），11世纪安达卢斯犹太学者。他代表了当时希伯来宗教诗和世俗诗的顶峰，同时还是一位重要的新柏拉图主义哲学家，被誉为西班牙第一位哲学家。
2. 亚伯拉罕·伊本·埃兹拉（Abraham ibn Ezra，约1089—1167），12世纪西班牙犹太裔学者，同时也是科学家、注释家、诗人。
3. 辣什（Rabbi Shlomo ben Itzhak HaTzarfati，1040—1105），中世纪法国拉比，他撰写了对《塔木德》与《塔纳赫》圣经的全面评述。他对《塔纳赫》圣经的论著，尤其是托拉律法部分，对学习原文有极大的帮助，日后的希伯来学者研究皆以他的论述作为基础。

Cohen）推测这是综合了几种早期希腊思想的结果。"这种（哥连）信仰的很多方面都和巴比伦、古埃及和古希腊的类似神秘思想存在共通之处，大概形成于公元前2世纪。"

关于传说中的哥连的讨论到此先告一段落，我们再次把目光投向（被认为）实际存在的近代的哥连。在比刚才提到的拉比洛伊乌年代稍早的16世纪中叶，海乌姆的伊莱贾（Elijah Ba'al Shem of Chełm）第一次以神之名（nomen proprium）的字母组合为基础造出了人造人。"这尊哥连被认为是弗兰肯斯坦式的怪物，在他圣化的名字被剥夺之前一直对世界构成威胁。"（约翰·科恩）

进入17世纪，哥连传说又和哈西迪犹太教[1]密切关联。哈西迪犹太教的信众非常看重颂歌、舞蹈、冥想和领受卡巴拉时极度亢奋状态下的见神体验。这些神秘主义者们在长期的绝食后把头埋到双膝之间，低声默念颂词或唱诗，完全陷入忘我的恍惚状态。哥舒姆·舒勒姆在其大部头著作《犹太神秘思想的主流》里举了公元1000年左右一位神秘主义者海·本·舍利拉的例子，来说明见神时的内在体验。在苦心领会圣名字母的组合，耽于冥想之时，舍利拉经常看见一个人影。在舒勒姆举的另外一个例子中，一位陷入纯净忘我状态的信者突然看见了自己的分

---

[1] 哈西迪犹太教，犹太教正统派的一支，受到犹太神秘主义的影响，由18世纪东欧拉比巴尔·谢姆·托夫创立，以反对当时过于强调守法主义的犹太教。

身——"……于是我突然发现自己的分身就站在我的面前,我一时对自身的处境感到十分恍惚。"

17世纪之后,哈西迪犹太教和哥连形象之间"物质-肉体"的关系明显变得淡薄了。哥连的传说到底是指物质的、肉体的实质创造,还是只是短暂地在其"创造者"的恍惚意识里闪现的虚像,仍旧没有定论。在这个时代,炼金术和物质的相关性也被无视,被锁进抽象思辨和神秘体验的空中楼阁。被不断崛起的技术精英夺走了操控物质的阵地,哥连制造者一派的势力渐渐式微。他们甚至把和黏土、尘埃打交道视作一种和粪便嗜好无异的卑贱行为,而主动放弃了哥连的研究。于是,哥连像是气化了一样,变身为"二重身"或"分身"一类的存在。不知道该说是幸运还是不幸,作为哥连气化的副产品之一,文学作品里的哥连形象倒变得丰满起来。沙米索[1]的《彼得·施来米尔》、果戈理的《鼻子》、霍夫曼的《沙人》、爱伦·坡的《威廉·威尔森》、罗伯特·路易斯·史蒂文森[2]的《化身博士》、克莱斯特[3]的《洪堡亲王》、维利耶·德·利尔-阿达姆[4]

---

1. 阿德尔贝特·冯·沙米索(Adelbert von Chamisso,1781—1838),德国作家、植物学家,柏林浪漫派抒情诗人之一。
2. 罗伯特·路易斯·史蒂文森(Robert Lewis Balfour Stevenson,1850—1894),苏格兰小说家、诗人与旅游作家,也是英国文学新浪漫主义的代表之一。
3. 海因里希·冯·克莱斯特(Bernd Heinrich Wilhelm von Kleist,1777—1811),德国诗人、戏剧家、小说家。
4. 维利耶·德·利尔-阿达姆(Auguste Villiers de l'Isle-Adam,1838—1889),法国象征主义作家、诗人与剧作家。

的《未来夏娃》、王尔德的《道连·格雷的画像》……这个单子还可以接着列下去，我们会从中次见到梅林克的《哥连》。在这本书里，有一段奇妙的哥连显现的描写，和哈西迪犹太教的信众在忘我地沉浸于见神体验时的描述如出一辙。这段描写紧接着上文引述的段落：

> 希勒尔那死去的妻子也曾经与其（哥连）四目相对，她的感觉和我完全一致。那个谜一样的人影近在眼前时，我们都陷入了全身僵硬的状态。
>
> 根据她的说法，此时自己的灵魂——暂时脱离肉体——瞬间挡在自己面前。这难道不也就表示，灵魂换了一张她从没见过的脸，死死地盯着她看吗？

虽然和物质、身体的实际情况存在不小的差距，神秘主义者们和近代小说里人物内在体验的描述仍然拥有一处不容忽视的价值——创造者在创造哥连时的精神体验得到了鲜明的刻画。这种体验被接受卡巴拉的拉比们认为是不言自明的道理，于是经常在记述中省去。仅仅依靠黏土块之间基于言语之谜的交换组合，拉比们的精神体验就变得活跃起来，或许就此陷入上文提到过的恍惚状态。以《创造之书》注释学者这一身份闻名的沃尔姆斯拉比艾奥利埃哲（1160—1230）等人甚至断言，当依照圣名魔法般的组合创造哥连的时候，制造者必定陷入一种忘我状态。只有当哥连制造者开始进入忘我的状态时，哥连才开始获得生命。

虽然脱离了"物质-肉体"的关系链，但17世纪以后，缺少了肉身的哥连却并非只是游离的亡灵，他们仍在渴望失去的肉身。换句话说，哥连和一心想要找回肉身并为此不懈求索最后一块语言拼图，但却受尽诅咒而流浪无根的犹太人是一样的。所以，古斯塔夫·梅林克为他笔下的哥连赋予"阿赫斯维式的形象"（G.舒勒姆）。耶稣基督被押赴刑场时，想在一户人家的门口稍事休息，这家主人不但毫不留情地加以驱赶，而且还对耶稣基督恶言相向。这个人就是犹太鞋匠阿赫斯维。自那之后，他就不得不背负辗转徘徊、永世流浪的命运。梅林克笔下的哥连精确地每隔三十三年就在布拉格犹太人区没有入口的密室的窗边现身。"三十三"这个周期当然和耶稣基督在各各他山受刑时的年龄有关。皮肤泛黄、面无须髯、目光斜视而没有焦点，梅林克笔下的哥连同时也展现了欧洲人由来已久的潜在的"黄祸"恐惧，"黄祸"即每隔一段时间就要来犯的匈奴和蒙古人。不过，如果潜入"犹太教-基督教"象征表现的脉络，哥连的形象出现在以三十二岁的年纪牺牲自己从而拯救世界的耶稣基督和每隔三十三年才能经过一次永远遭到诅咒的故乡的阿赫斯维的交汇处，则明显地带有两义性。这种两义性具体是指救世主渴望和世界末日、复活和死灭、肖然不动和变幻无常，以及言语和物质的两义性。在这个意义上，近代缺少肉身的哥连形象并非从根本上与肉身无缘，而是由于肉身与物质相互契合的周期未能匹配，所以长期处于待机的状态。一旦言语的最后一个秘密被发现，哥连就会从两义的分裂中解放出来，获得物质性的存在。但与此同时，哥连的复活也证明了亚当这些邪恶后代的原理性的死灭。换句话说，借着言语秘密的发现，作为个体的人的死灭和作为群体的人类的再生神话再度被阐明。哥连晦涩的两义性于是成了秘教思想和哲学式冥想长久探究的对象。甚至在当下为梅林克笔下的哥连形象作注的哲学家和心理学家的叙述中，也可以清晰地看到前人探究的脚步。

> 哥连一半是幽灵一样的存在，它孕育了所有阴郁的渣滓，是犹太人区集体的、有形的灵魂；另一半则是这位艺术家主人公的分身，这个分身在自我救赎的驱动下，对未完成的自身进行耶稣基督式的净化。
> ——《哥连的表象》

这里，舒勒姆把重点放在了哥连两义性的极致——（犹太人区的）集体的灵魂上，卡尔·荣格[1]则关注这篇小

---

1. 卡尔·荣格（Carl Gustav Jung，1875—1961），瑞士心理学家、精神科医师，分析心理学的创始者。

说里那个替换帽子的小插曲（《心理学和炼金术》）。主人公偶然错戴了不死和不朽之人亚他那修[1]的帽子，于是获得了非常不可思议的体验。荣格认为，把他拉进未知体验的这双无形的触手来自深层的集体无意识的世界。主人公潜入了象征着集体无意识的未成形的泥层，肉身解体，而灵魂得到了净化。换言之，哥连在这里既象征着死亡的威胁，又象征着随死亡而来的救赎。梅林克的研究者之一爱德华·弗兰克还认为，哥连的两义性和塔罗牌的象征表现存在共通之处。日后若有机会，我还想把这种象征语言的关联性和卡巴拉的生命之树问题放在一起讨论一番。

---

1. 亚他那修（Athanásios Alexandrías，296—373），东方教会的教父之一，在世时是埃及亚历山大城的主教，被列为基督教圣人之一。

怪物的制造法

神或者众神创造人类的行为，和人创造人造人或人造怪物的行为之间，似乎总有一种让人感到害怕的平行关系。两者似乎都被一种不明所以的虚无感所笼罩，又在默默领受这种虚无感的过程中走向结局。最初，神根据自己的形象创造了人。从神这个原型出发，作为被造物的人又根据自己的形象造出了相似的某物。为了完成这项工作，人必须先从作为原型的神那里窃得创造的秘密。正因为此，灵知派、卡巴拉和炼金术师才会把探索最初的人类亚当被创造的始末当作一个重要的课题，并在此过程中尝试从理论和实践两方面体验神的创造。

人类从神那里窃得创造的秘密，继而造出人造的怪物，这其实就是对神的反叛。而这种反叛早已经在诸神之间发生了。奥林匹斯山的诸神里最早造出人类的是普罗米修斯。为了反叛同父异母的兄弟——万能的宙斯，普罗米修斯用黏土和水造出了人，又从宙斯放出的闪电里为人类盗得了火。为神所不容的人造物和偷盗行为、反叛和火种，这些要素从一开始就紧密地联系在一起。玛丽·雪莱《弗兰肯斯坦》[1]的副标题是"现代的普罗米修斯",这并不是没有根据的。

> 我端坐于此,据我自己的肖像造出人类。造出这和我一样苦恼、哭泣、享受、欢喜,这和我一样不以您为意的种族。

普罗米修斯这番话中的"您",指的就是宙斯。这里,普罗米修斯的反叛或者说和宙斯分治世界的意图,表现得比盗火时还要明显。既然宙斯以众神之神的姿态君临奥林匹斯山,那么普罗米修斯要做的就是依照众神的形象创造出人类这一种族,并成为从奥林匹斯天界分裂出的地上诸独立王国的统治者。通过造人、给予人类火种,普罗米修斯在凡土上造出一个独立运转的奥林匹斯山微缩模型,也就打破了宙斯对世界的专权统治。这是用模仿的方式来夺权。普罗米修斯从父亲伊阿珀托斯那里继承了泰坦[2]一族的血统。也许他想到了被奥林匹斯诸神击败的泰坦一族的昔日荣光,希望借助人类社会这一人为的微缩模型拿回属于自己族群的权力。

1.《弗兰肯斯坦》(Frankenstein; or, The Modern Prometheus),又译作《科学怪人》,普遍被认为是西方文学中的第一部科学幻想小说。
2. 泰坦,希腊神话中一组神的统称。按照经典的神话系统,泰坦在被奥林匹斯神系取代之前曾经统治世界。

面对这样无惧神明的偷盗和反叛，宙斯的报复方式可谓"以毒攻毒"。他也借精巧的人造物来反将对手一军。宙斯命令自己和赫拉所生的儿子——匠神赫淮斯托斯——用黏土和水造出绝世美人潘多拉，并让阿佛洛狄忒和九位缪斯赋予她女性的魅惑，让赫耳墨斯[1]教会她说谎的技巧、谄媚的话术，还交给她一项任务。这位动员了诸多专家打造的人工美女顺利地诱惑了普罗米修斯蠢笨的弟弟厄庇墨透斯。蠢笨的厄庇墨透斯不仅彻底被诱惑，还不小心打开了潘多拉带来的盒子。这样一来，宙斯事先装进盒子里的所有祸患和不幸就通通被释放出来，散落在人类世界。宙斯对普罗米修斯的报复让人想起亚当所受的惩罚。亚当也是因为先受到夏娃的诱惑而堕落，才会盗取智慧之树上的果实。作为盗取诸神秘密之成果的人造物，从诞生之初就是被禁止的，亦是傲慢的象征，注定会触怒神。众所周知，普罗米修斯在盗得象征纯粹之火的闪电并将其转换成人造的劣等火种之后，就被绑缚在高加索山上，每天忍受被秃鹰啃食肝脏的痛苦。

就算没有如普罗米修斯一般公然用造人和盗火的行为举起反叛大旗的人物出现，人们从很久以前就时不时戴着有色眼镜看待经常施展人工魔法、让人迷惑不已的铁匠和

---

1. 赫耳墨斯（Hermes），奥林匹斯十二主神之一。他是边界及穿越边界的旅行者之神，亦掌管牧羊人与牧牛人、辩论与灵舌、诗与文字、体育、重量与度量、发明与商业，他也是狡猾的小偷和骗子之神。

矿山技师（即采矿的人）。米尔·伊利亚德指出，铁匠在古代被视作恶魔的化身。就连在宙斯的授意下造出了美人潘多拉的匠神赫淮斯托斯都像遭报应似的生来就是跛足，样貌更是丑得连生母赫拉都不愿直视。正是因为这骇人的丑陋，赫拉才把赫淮斯托斯从奥林匹斯山丢到了海里。赫淮斯托斯憎恶自己天生的丑恶样貌，于是不惜与恶魔携手，也要成为人造物领域的天才，想来这也是很自然的。后来，赫淮斯托斯送给赫拉一把黄金做成的椅子。但是，赫拉一坐上去就被设计精巧的锁绑了个结实，丝毫动弹不得。赫拉挣脱椅子的束缚之后，赫淮斯托斯又设局让她沉醉于狄俄尼索斯[1]酿造的葡萄酒。赫拉始终无法逃脱人造物的束缚。这里展现的是人造物对自然的报复。

除此之外，赫淮斯托斯还为奥林匹斯山上的诸神制造了众多器物。赫利俄斯[2]驾驶的日车、阿喀琉斯的甲胄、厄洛斯的金箭银箭等，这一件又一件的宝物说起来都是经他的手制成的。但要说他最大的杰作，还是为跛脚的自己所造的两个黄金做的侍女。她们帮助这位残疾的天才活动，又为他料理身边的琐事。荷马这样念道："黄金制作的侍女们，青春动人，美丽优雅，少女般栩栩如生。

---

1. 狄俄尼索斯（Dionysus），古希腊神话中的酒神。
2. 赫利俄斯（Helios），古希腊神话中的太阳神，他是在阿波罗之前驾驶日车的车手。

她们胸中有智慧、会说话、有力量，神明教会她们各种事情。"（此处中译参照《希腊罗马神话》蔡海燕中译本）想必赫淮斯托斯也是这样轻而易举地用黏土和水造出了潘多拉。

赫淮斯托斯所造的另一个人造人是巨人塔罗斯。塔罗斯和哥连一样，因其惊人的臂力而常被任命为护卫或守门人。与锻造之神的造物这一身份相称，塔罗斯不是用黏土，而是以铁和青铜制成的。在宙斯的指示下由欧罗巴[1]送往克里特岛献给米诺斯[2]的这尊钢铁巨人——根据柏拉图的说法——会每年举着米诺斯的法律布告牌在岛内巡回三次，确认岛上居民是否有违反法纪的行为。其他关于塔罗斯的传说还有，他周身从头顶到手指都由青铜制成，唯有一根血管贯穿整个身体，从天灵盖连到脚后跟。血管与身体的连接处在脚后跟，用栓固定。塔罗斯不仅是王室的护卫，也守护着整座岛的安全。他每天环绕克里特岛的海岸三次，一旦发现想要入侵的异邦人，就投石击退他们。万一敌人已经登陆，他就用铁腕锁住敌人双肩，倒剪

---

1. 欧罗巴（Europa），希腊神话里的腓尼基公主，主要有两种关于她的故事：一说她被主神宙斯诱奸，然后宙斯将她带至克里特岛，她生下拉达曼迪斯、米诺斯、萨尔珀冬，其中拉达曼迪斯、米诺斯死后与艾亚哥斯一起成为冥界的判官；一说她是被克里特人绑架到克里特岛。欧洲大陆以她的名字命名。
2. 米诺斯（Minos），克里特之王，宙斯和欧罗巴的儿子，拉达曼迪斯和萨尔珀冬的同胞兄弟，冥界三判官之一。古希腊的米诺斯文明就是以他的名字命名。

双臂，再让自己周身发热，变得通红，把敌人烧死。不过，和阿喀琉斯一样，脚后跟也是塔罗斯的弱点。在阿尔戈英雄[1]们试图登陆的时候，塔罗斯一开始虽然投石将其击退，但脚后跟处的血栓要害被波亚斯一箭射穿，全身的血从唯一一根血管流出，就这样倒下死去了。顺带一提，"塔罗斯"这个名字本身就是脚后跟的意思。

希腊神话里还有另一个名叫塔罗斯的人物。有趣的是，这位塔罗斯也是一位天才工匠，不仅丝毫不逊于巨人塔罗斯的生父赫淮斯托斯，而且还和史上最有名的工匠代达罗斯过从甚密。现代的代达罗斯研究者迈克尔·艾尔顿认为代达罗斯是"自普罗米修斯以来神话中最重要的技术之父"。代达罗斯、塔罗斯、赫淮斯托斯，再加上始祖一般的普罗米修斯，四者之间有着微妙的关联。那么，这另一位塔罗斯到底是何许人也？

简而言之，这位塔罗斯可以被认为是代达罗斯的影子，或代达罗斯的分身。他在希腊神话里被设定为代达罗斯的外甥和徒弟，年纪轻轻就显露出工匠的才能。塔罗斯在发明创造方面的才能实在耀眼，很小的时候就接连发明了滑车和锯子，风头甚至盖过了叔父。代达罗斯因此对他心生嫉妒，把他从雅典卫城的悬崖上推了下去。还有一种

---

1. 阿尔戈英雄（The Argonauts）一伙曾在希腊神话中被提及，出现在特洛伊战争之前的英雄，他们伴随伊阿宋乘阿耳戈号到科尔基斯（今天的格鲁吉亚）去寻找金羊毛。

说法是，代达罗斯从卫城悬崖上推下的其实是名叫珀耳狄克斯（意为鹧鸪）的女子。不过作为塔罗斯母亲之名的珀耳狄克斯，也被认为是塔罗斯这位锯子发明者的别名。在这种说法里，塔罗斯在坠落的时候变成了鹧鸪，于是张开翅膀飞了起来。顺带一提，代达罗斯在杀害侄子之后就迅速离开雅典，逃往米诺斯的宫殿。背井离乡的代达罗斯在克里特岛为米诺斯设计了有名的迷宫。除此之外，代达罗斯还造出了第一台手腕、双足、脖颈都能自如运动的机械人偶，又和儿子伊卡洛斯一起用蜜蜡和鸟的羽毛造出翅膀，并操纵着它们在空中翱翔。品达[1]在克里特岛和罗德岛看见的"栩栩如生的行走机械"，到底是巨人塔罗斯的后代，还是代达罗斯的机械人偶，又或者是为说明该地高度盛行对活动的关节人偶式神像的崇拜仪式呢？约翰·科恩在《哥连和机器人》一书里把被代达罗斯杀害的塔罗斯和赫淮斯托斯的人造巨人塔罗斯视作同一个人，即使有些牵强附会，但相同的名字以及和克里特岛相似的联系还是给人留下了众多想象的空间。

以上这一连串希腊神话里才华横溢又如恶魔般残忍的工匠们的逸事，在日耳曼神话里几乎以完全一样的形式又被讲述了一遍。日耳曼神话里的代达罗斯是铁匠维兰德（Wieland der Schmied，盎格鲁-撒克逊语写作"Wēland"，

---

1. 品达（Píndaros，约公元前518—前438），古希腊抒情诗人，代表作为《皮托竞技胜利者颂》。

古斯堪的纳维亚语写作"Völundr")。传说中的铁匠维兰德在冰岛、英国、德国、法国等多国古代诗人写就的诗篇里出现。他的形象和代达罗斯、巨人塔罗斯非常相似。他通晓制造无敌武器的一切知识和技艺,这为他招来了祸患。国王尼德隆德希望这位稀世的武器制造者能只为自己所用,于是不仅砍断了维兰德的跟腱,致其跛足残疾(这让人想起赫淮斯托斯),还不允许他踏出城门一步。这和米诺斯把代达罗斯囚禁在迷宫里的故事十分相像,故事之后的发展也是如出一辙——工匠维兰德心生一计,他穿上插着鸟羽毛的衣服,从城里最高的塔上起飞,从空中返回了故乡泽兰。

有趣的是,和地中海的代达罗斯一样,这位北境的发明家也卷入了和血缘兄弟的纷争,或者说,维兰德也没有逃过杀害自己分身的命运。为了制作飞行服,维兰德活剥了弟弟埃吉尔的皮。"用海象骨头制成的八世纪盎格鲁-撒克逊雕刻品上,"约翰·科恩写道,"有维兰德像对待鸟一样活剥了弟弟埃吉尔的皮,并用这副皮囊缝制飞行服的画面。"

技术(或说人造物)这种东西,本来就脱离了兄弟这种天生的亲缘关系。正是在与自然的敌对关系里,技术的概念才得以成立。因为杀害亚伯而被赶出伊甸园的该隐后来居住在伊甸园的东边,从他的后代里诞生了三种职业:城市建筑师、音乐家和铁匠。反自然的人造物党徒们,借杀害兄弟（分身）的行为第一次化身为恶魔。或者还可以这么说，根据自然的二元论式分化而从兄弟这个两极模型里分裂出来的单极文明，或者如蠢笨的厄庇墨透斯之于普罗米修斯，伴随着挫折；或者表现为因对自然（大地）的反叛而飞向虚空，而为了飞向虚空，又必须残忍地杀害自己的兄弟（分身）。

不过，神话里这群看起来无所不能的工匠们却有一件造不出来的东西。那件东西是什么呢？答案很简单。这是一件不涉及人为的制造，即便是神工鬼斧也无能为力，但又无此必要——通过自然的生殖行为产下胎儿。作为反自然的人造人的制造者，工匠们大概对女性不费劳力就能生产出活物的生殖能力十分羡慕，因此不太会憎恶女性或是与女性为敌。工匠们无一例外都是男性的神。而女性们则如同赫拉一样嫌恶他们，或变成人造物似的性欲倒错的模型，生出有别于正常婴孩的怪物（如帕西淮）；或干脆被设定为人造物，而且薄情薄义、满口谎话（如潘多拉）。总之，她们不可能成为工匠们理想中的伴侣。所以，这些男性工匠们即使与女性发生联系，也多如赫淮斯托斯和皮格马利翁[1]一样，或沉湎于和自己制造的人偶或没有灵魂的造物的爱恋中，或向无法诞下子嗣的石女互诉衷肠。代

---

[1] 皮格马利翁（Pygmalion），是希腊神话中的塞浦路斯国王。据古罗马诗人奥维德《变形记》中记述，皮格马利翁为一位雕刻家，他根据自己心中理想的女性形象制作了一个象牙塑像，并爱上了他的作品。

达罗斯唯一合得来的女性朋友阿里阿德涅[1]也是石女。如果现代的性心理学者对这些男性工匠们做精神分析，大概会发现一大堆典型的自慰依赖症病例。

怀有母性的赫拉是因为看到了儿子赫淮斯托斯在性方面的无能，才嫌恶疏远他的，这种观点应该没错。从性的象征主义这个角度切入，会发现神话里这些发明家们的弱点都在双足或脚后跟上，有的跟腱被砍断，有的被关在迷宫或高塔里，有的生来就跛足，有的被死死地捆在高山的峭壁上——总之，他们都被剥夺了行走的自由，这一点可谓意味深长。有需要（也即有不足）才会有发明。脚上的缺陷促进了修补缺陷的义肢、黄金侍女、飞行服和翅膀的发明。他们进而体会到，比起原本自然的四肢，人造物带来的感受更为多元，他们感到自己不再受限于自然肢体这样形而下的因素。所以说，他们的身体无疑是有缺陷的，双足和脚后跟的弱点导致他们失去行动的能力，在性方面，他们遭阉、不举或未熟，但他们的感受却实现了飞跃。

由性无能引发生殖忌讳，又因忌讳生殖而制造人造人。发明家们时而支使这些人造人，时而和他们发生不道德关系。从父性的角度上看，他们会因为挑战长辈权威的早熟气质被指责，与此同时，他们也会受到来自自然（即女性）残酷的报复。普罗米修斯因为他那愚蠢的，也即在

---

[1] 阿里阿德涅（Ariadne），古希腊神话人物，为克里特国王米诺斯与帕西淮之女。

反自然的人为意志方面有缺陷的弟弟被潘多拉诱惑，而陷入困顿。代达罗斯被大海夺走了儿子伊卡洛斯。纯度极高的人造物里一旦留有一点自然的残渣，那一点就会成为阿喀琉斯之踵一样的东西，不断呼唤向着野生自然状态的复归。于是，人造物就会从梦想中透明的长空悲惨地坠落到大地上或深水里。

不过，以上提到的希腊神话里的发明家们虽然致力于模拟出原初创造的体验，但并不会过分拘泥于原理，也经常制作一些可直接用于日常生活的工具。在天启宗教[1]中，神与其被造物之间有着不可逾越的距离。那么人类就不可能完全模拟出神的原初创造吗？还是说，如果不走上与神相反的道路（即与恶魔订立契约），人类就无法盗取神的秘密？那么众神和人类之间并没有那么严格的界限。或者不如说，人是在与神同栖共生的过程中逐渐习得了神的若干能力。犹太教-基督教体系里的人造人和希腊化时代[2]的人造人之间的微妙差别就源于此。后者更多地从人的角度出发解释人工的技术。

根据赫尔穆特·斯沃博达的分类，自古以来，人造人的制造方法大致可以分为三类。第一类是最早期的人类

---

1. 天启宗教，又称亚伯拉罕诸教，指世界主要的三个有共同源头的一神教——基督教（包括天主教、基督新教与东正教）、伊斯兰教与犹太教。
2. 希腊化时代（Hellenistic period），通常认为从亚历山大大帝于公元前323年逝世开始，并结束于罗马共和国在前146年征服希腊本土，或前30年最后的继业者王国——托勒密王国灭亡为止。

创造，可以溯源至创世神话。亚当、夏娃、泥人哥连和金牛幼崽都属于这一类。总之，也可以把这一类描述为"魔术-神话"系列，他们无一例外地都受到了神或者半神的加持，而且在成形之初都有超人力量的介入。这些超人的力量包括咒文、魔法、卡巴拉的秘密知识、誓词等。近代卡巴拉信众耗费苦心造出的哥连就是其中的典型。

第二类的着眼点则在机械的精巧程度和技术的进步上。在这一类的人造人里，技术第一次从超自然的力量里分离出来，在现实的领地上占据一席之地，成为技术文化史和造型艺术史的一部分。这一类人造人的发展历程大致始于亚历山大港的希罗[1]、拜占庭的费隆[2]和克特西比乌斯[3]这些古代的科学家，历经17世纪钟表装置的工艺品，再到机器人偶、人形机器人和计算机的发明。

最后一类的关键词是生物学。像风茄[4]信仰，帕拉塞尔苏斯[5]的何蒙库鲁兹这样潜藏于人体的生物学变革，通

---

1. 亚历山大港的希罗（Hero of Alexandria，10—70），古希腊数学家、工程师。他被认为是古代最伟大的实验家，他的著作在希腊化时代科学传统方面享负盛名。他发明了汽转球、自动售卖机、注射器、蒸汽风琴等。
2. 拜占庭的费隆（Philo of Byzantium，约前280—前220），工程师、机械物理学家和科普作家，著有《机械原理手册》。
3. 克特西比乌斯（Ctesibius，前285—前222），亚历山大城发明家，曾为托勒密王朝效劳。他对气体力学及各种机械装置感兴趣，其发明创造包括扭力弩炮、水风琴、最早的精准水钟等。
4. 风茄，茄参属植物的通称，又名毒参茄，亦音译作曼德拉草，属茄目茄科（含致命的莨菪碱和天仙子胺），其根部长期用于巫术仪式。
5. 帕拉塞尔苏斯（Paracelsus，约1493—1541），中世纪瑞士医生、炼金术士、占星师。

过进化论、突变理论和染色体理论的发现而在20世纪成为现实的课题。由诺贝尔奖得主、生物学家保罗·赫尔曼·穆勒提倡的基于人工授精的人体改造、脑白质切除术、心脏移植、人造胎儿基因工程等有目的地对自然的人类加以修饰或增强其机能的尝试，都属于这个类型。

"魔法、精巧的技艺、魔术、纯粹的幻想很难彼此区分。"正如赫尔穆特·斯沃博达所言，上述的三个类别之间不存在绝对的界限，相互间有着复杂的联系。比如说，风茄信仰因为和植物有关而隶属第三类，但它同时也具备魔法的要素。中世纪的"会说话的头"虽然是机械技术的产物，但其目的是展示预言的魔法。不过，将上述的分类方法理解为讲述人造人创造的各个历史发展阶段，会更有意义。古代的人造人历程以"魔术-神话"的第一类为主。往黄金、青铜、铁、黏土这些死的物质里吹入超自然的气息，使其像起死回生似的运动起来——这种物质和精神、肉体和精神、肉体和灵魂的结合法就是这一阶段人造人的秘密。这种超自然的力量，可以概括地理解为神、天使的力量，根据具体情形，也可以指来自敌对的恶魔或堕天使的魔力。而唤起这种超自然力量的是祭祀、工匠和诗人都会念诵的咒术师的咒文。随着时代的发展，唤起超自然力量的技术（祭祀性的装置、咒文）本身得到了独立，逐渐远离了超自然的力量，这也就是纯技术主导的第二阶段。技术的高度发展催生出了第三类人造人的创造。玛丽·雪莱塑造出怪人弗兰肯斯坦这个角色时，从生物学上改造人体的计划就已经被提上日程。总体可以概括为，第一阶段是神创造了人；第二阶段是人制造了物（人造人）；到第三阶段时，被人造出的物——正如第二阶段时人和神的牵绊变得淡薄一样——和人拉开距离，获得了高度的独立，如弗兰肯斯坦博士造出的怪物一样开始独立行走。这里发生了力量关系的逆转。"神—人类—人造怪物"的强弱关系逐渐逆转为"怪物—人类—神"的次序，创造的神圣秩序逆转变成破坏的神圣秩序。人造怪物开始破坏人类，人类开始破坏神。而且，这种亲手杀死创造自己的神（或人），在文明史上具有弑父意味的悲惨结局又以医学的名义卷土重来，这不是很讽刺吗？因为，生物学上的人体改造多多少少都是对基于自然法则形成的人这个自然实体的破坏。人造的真正意义是对原初创造的模拟体验，但最为重要的作为追忆线索的旧时日却已经一去不返了。

按照上述分类，希腊神话里的发明家们大概往返于第一类和第二类之间。也可以说，他们浮游于魔法和技术还没有完全分化的黎明时分。正因如此，和发明有关的诸神给了希腊化时代现实中的发明家们种种关于技术的启示。反过来，这些古代科学家的发明并不完全是单纯的技术产物，而多少都带上了魔术和神话的色彩。这里以人造人为重点稍举几例。

公元前 3 世纪的埃及法老托勒密二世[1]因为兴建了世界七大奇迹之一的亚历山大灯塔[2]而广为人知,不过,他制作的可以自行运动的雕像也很有名。托勒密二世曾在纪念亚历山大大帝的典礼上展示过自己做的奈萨(狄俄尼索斯的奶妈)雕像。雕像高八英尺,被放置在一辆由六十个成年男子拉动的彩饰花车上加入行进的队伍。她穿着希腊风的服饰端坐在花车上,不时徐徐起身向黄金做的坛子里倒入牛奶,然后又重新坐下。雄辩家卡利斯特拉图斯说自己见过十尊以上用大理石或金属制作的会动的雕像。根据历史学家波利比乌斯的说法,公元前 307 年纪念德米特里一世[3]凯旋的祝祭游行里出现了机械化运动的蜗牛模型。卡西乌斯·狄奥[4]则指出有几尊雕像制作更为精巧,会"流血",会因为太过痛苦而"流汗"。有些雕像会在祸患来临时摆出特定的姿势以警告旁人,还会在人们问问题的时候用点头或者摇头的方式回答。

---

1. 托勒密二世(Ptolemy II Philadelphus,约前 308—前 246),埃及托勒密王朝的第二位法老。
2. 亚历山大灯塔,位于埃及的亚历山大港对面的法罗斯岛上,是古代世界七大奇迹之一。大约在前 283 年由小亚细亚的建筑师索斯特拉特设计,在托勒密王朝时建造,预估其高度在 115—140 米之间。
3. 德米特里一世(Demetrius I of Macedon,前 337—前 283),安提柯王朝的国王,他在瓜分亚历山大大帝遗产的继业者战争中,是其父安提柯最主要的帮手,同时他也是希腊化时代初期著名的军事统帅。
4. 卡西乌斯·狄奥(Cassius Dio,150—235),古罗马政治家、历史学家。

虽然不能动，但埃及底比斯的门农[1]雕像被太阳光照射时会发出竖琴一样的声音。传说被阿喀琉斯杀死的门农是提托诺斯和厄俄斯的儿子。据说其母厄俄斯为悼念死去的儿子流下了伤心的泪水，这些泪水后来就变成了朝露。要在很久之后，人们才发现被底比斯城的埃及人唤作阿梅诺菲斯[2]的雕像，就是希腊人口中的门农雕像。根据菲洛斯特拉托斯的说法，门农雕像"面朝太阳光的方向，无须髯，以黑石做成"，"就像坐着的人正要站起身一样"两手按着椅子撑起身体。早上的阳光正好射中门农雕像的嘴角时，雕像就一副要说些什么的样子。因为太阳光的热度而膨胀的空气，在通过狭小的孔眼时发出笛子一样的声音，如果听得久一些，似乎还可以从这乐声中听到关于未来的预言。

古代人也在某种程度上掌握了使这些带有魔术色彩的雕像自己动起来的科学依据。比如，亚里士多德就推断代达罗斯所造的阿佛洛狄忒人偶，是利用注入人偶体内的水银的膨胀系数来使四肢动起来的。

古埃及神话里的托特后来被希腊化为赫耳墨斯·特里斯墨吉斯忒斯，与此同理，门农的雕像本来应该是举行太

---

1. 门农（Memnon），希腊神话中埃塞俄比亚国王提托诺斯和黎明女神厄俄斯的儿子。特洛伊战争中，他领兵守护特洛伊，由于在战争中杀死了安提洛科斯，阿喀琉斯为报战友之仇，将门农杀死。门农死后，宙斯被厄俄斯的眼泪打动，赐予他永生。
2. 阿梅诺菲斯，即阿蒙霍特普一世，古埃及第十八王朝法老。

阳崇拜仪式或者占星时使用的装置。门农的雕像大概在很多方面都和古埃及人的预言雕像有着密切的联系。

古埃及人的预言雕像是一种将头部和手腕用线绳控制活动的关节人偶，即如今提线人偶的前身。但这种雕像并不用于杂耍，它原本是为酒神节和占卜预言这样和神有关的仪式而造的。在酒神节上——正如希罗多德[1]指出的那样——女人们一边齐唱颂歌，一边在村庄里缓步行进，操纵手上线绳，让人偶活动起来。酒神节上的提线人偶是普里阿普斯[2]的原型。预言时使用的关节人偶，被认为是由文学、艺术与炼金术之神俄西里斯[3]的书记官托特（也即希腊神话里的赫耳墨斯·特里斯墨吉斯忒斯）发明的。刚才提到过，这种人偶一般是由绑在头部和手脚上的线绳操纵的，早前也曾经以蒸汽、火力和水银作为动力源。有人向人偶提问时，它会以点头、摇头的方式做出回应。这个动作被称作"哈努"，因为和神圣的哈努一样，人偶动起来时会发出奇妙的声音。哈努发出的声响来源于寄居在身体内的"卡"，"卡"是神和死者的分身（或说幻影）。祭司在秘密仪式上唱念咒文，把神的魂封印在雕像里，雕

---

1. 希罗多德（Herodotus，约前484—前425），古希腊作家。他把旅行中的所闻所见以及波斯阿契美尼德帝国的历史记录下来，著成《历史》一书，成为西方文学史上第一部完整流传下来的散文作品。
2. 普里阿普斯（Priapus），希腊神话中的生殖之神，是酒神狄俄尼索斯和阿佛洛狄忒之子，是家畜、园艺、果树、蜜蜂的保护神。
3. 俄西里斯（Osiris），埃及神话中的冥王，九柱神之一，是古埃及最重要的神祇之一。

像便如活物一般活动、言语、占卜未来、警告凶险、治愈病患，或反过来让人患病。因为雕像所说的话来自神，所以不会有谬误。底比斯的祭司们在根据阿蒙[1]神像"南方应建新王国"的指示挑选新国王时，王族的男人们纷纷表示抗拒。就在他们从神像旁边跑过，打算逃走的时候，"神像轻舒猿臂，抓住其中的一人，用言语警告他"（援引自加斯东·马斯佩罗《古埃及说话的神像》中约翰·科恩的记述）。这尊雕像本来就因为住着神的一个分身而"活着"。如果神有数个分身，就可以让魂灵同时寄生在其他城市的动物或鸟人的雕像上。这样，一体的神可以同时居住在埃及的不同城市。人们修了无数的寺院，又用神的雕像把寺院填满。这些拥有预言能力的雕像整晚发出骇人的声音，在大殿里回响。

另一种拥有预言能力的雕像是犹太教-基督教体系里的"Teraphim"（意为神像）。《创世纪》里提到，为了知晓雅各的去向，拉结偷走了父亲拉班的神像。拉班一心认定是雅各偷走了神像，一直追到基列山上向他讨要说法。

> 现在你虽然想你父家，不得不去，为什么又偷了我的神像呢？雅各回答拉班说，恐怕你把你的女儿

---

[1] 阿蒙（Amon），一位埃及主神的希腊化名字，埃及文转写为 imn，意为"隐藏者"（也拼作"Amon"），八元神（Ogdoad）之一。

从我夺去，所以我逃跑。至于你的神像，你在谁那里搜出来，就不容谁存活。当着我们的众弟兄，你认一认，在我这里有什么东西是你的，就拿去。原来雅各不知道拉结偷了那些神像。拉班进了雅各、利亚，并两个使女的帐棚，都没有搜出来，就从利亚的帐棚出来，进了拉结的帐棚。拉结已经把神像藏在骆驼的驮篓里，便坐在上头。拉班摸遍了那帐棚，并没有摸着。拉结对她父亲说，现在我身上不便，不能在你面前起来，求我主不要生气。这样，拉班搜寻神像，竟没有搜出来。

——《创世纪》第 31:30—35

Teraphim 的头被做成了木乃伊，会说话，舌头下贴着写有魔法咒文的黄金薄板。这尊有问必答的神像安的似乎是根据习俗被杀掉的新生儿的头。卡巴拉的拉比们认为这跟圣经里巫术师的 בוא（obe）和 ינעדי（yid-deh-o-nee）是同一种东西。两者都是能感应天界的亡灵，都拥有与人对话、为人建言献策的能力。

约翰·科恩写道："בוא 用头部和肱关节说话。把野兽或者鸟类的骨头放入 ינעדי 的口中，它就会开始说话。还有一种说法是，בוא 既是向骷髅寻求建议的人类，又是能借预言和神谕的力量召唤出死者之人。"

Teraphim 的头既然是用新生儿的木乃伊做成的，所以它应该不是什么庞然大物。阿塔纳斯·珂雪[1]的《埃及的俄狄浦斯》插图里的 Teraphim 其实是跟日本的木芥子一样的小型人偶,也难怪拉结能把它藏在骆驼的驮篓里。不过,神像有时好像也会变得和人一样大。

《撒母耳记上》(第 19 章)里有一个似乎是指涉 Teraphim 的故事。说的是为了代替受到扫罗索命威胁的大卫,扫罗的女儿米甲把 Teraphim 放到床上假扮大卫,而让大卫得以逃脱。

> 米甲把家中的神像放在床上,头枕在山羊毛装的枕头上,用被遮盖。扫罗打发人去捉拿大卫,米甲

Teraphim, from Athanasius Kircher, Oedipus Aegyptiacus, 1652

---

1. 阿塔纳斯·珂雪(Athanasius Kircher,1602—1680),德国牧师、学者。他一生大多数时间在罗马的罗马学院任教和做研究工作。珂雪就非常广泛的内容发表了大量细致的论文,其中包括埃及学、地质学、医学、数学和音乐理论。

说，他病了。扫罗又打发人去看大卫，说，当连床将他抬来，我好杀他。使者进去，看见床上有神像，头枕在山羊毛装的枕头上。

《乔尔丹诺·布鲁诺[1]与赫耳墨斯学的传统》的作者弗朗西丝·叶芝最早指出，Teraphim、据信由埃及的托特制造的预言雕像和普罗米修斯制造的黏土人是同一样东西。布鲁诺所著的《关于神像的构成》（1591年）用上面提到的三尊神像来解说模像（simulacrum）的力量。叶芝以布鲁诺的研究为基础，进一步得出结论：天上众神的恩宠要通过人的事物和神的事物之间的类似（similitudines）来显现。神本身虽然既不可见也不可知，却可以通过模像这种象征物被人了解。布鲁诺对这一秘法的解说体现了他对赫耳墨斯·特里斯墨吉斯忒斯以来传统炼金术思想的忠诚。叶芝还议及了被认为是托特（赫耳墨斯）著作的赫耳墨斯文集《阿斯克勒庇俄斯》中关于偶像的一节。根据赫耳墨斯·特里斯墨吉斯忒斯的说法，这些拥有预言能力的雕像都被吹入了灵魂，所以同时获得了感觉和精神。它们预言未来、使人染病或治愈病患，拥有各种各样的精神能力。发现了诸神真正本质的人类也就拥有了仿制神的能

---

1. 乔尔丹诺·布鲁诺（Giordano Bruno，1548—1600），文艺复兴时期的意大利哲学家、数学家、诗人、宇宙学家和宗教人物。自1593年起，布鲁诺被罗马宗教法庭以异端罪名审问，宗教法庭判其有罪，他于1600年在罗马鲜花广场被处以火刑。

力，他们把偶像神圣的躯体和自然这个客体组合、混同起来。但是人类无法创造灵魂，所以便只能唤起天使或恶灵的灵魂，再把它们注入雕像里。这样，雕像就获得了向善或为恶的力量。

但我们并不能就由此确认这种预言神像的做法在很多方面和哥连的制作法存在共性。哥连的制作者不仅要从技术上塑造出和人类相似的黏土模像，还必须在冥想的恍惚中向内认识自己的分身（影子）。炼金术的基本原理——冥想与经验的结合、灵魂与身体的结合——在这里被进一步强调。值得注意的是，这种结合既可能朝向正的方向，也可能朝向负的方向。通过分析3世纪诺斯底主义者佐西莫斯留下的手稿，卡尔·荣格解读了通用于耶稣基督与亚当、普罗米修斯与厄庇墨透斯之间，由外部的人和内部的人相结合而构成一个完全体的秘密。两者的结合如果被赋予"无限变化的能力"和神的灵气，这种"至全的能力"就会诞生出宇宙的神之子。否则两者就会分裂，出现夏娃和潘多拉这样诱惑犯罪的因素，使结合体进入混乱的矛盾状态。这种混乱显现在完全体上，就会造出一类残次品，即神之子的反面——恶魔一般的安提弥莫斯（模仿者）。

> 既是模仿者，又遵循恶之原理的安提弥莫斯是神之子的敌人，但安提弥莫斯认为自己也是神之子。在他身上，与神性相反的属性表现为一个非常独立的

部分。总的来说，我们可以把这尊恶灵视作"虚伪的精神"。安提弥莫斯如同人类皮囊下潜藏的暗黑之心。虽然他有着人的灵魂，却也始终为自身邪恶的一面所劳役。

——《心理学与炼金术》

如果出现这样那样的偏差，神的化身就会转而变成恶魔的子嗣，神像就会变成怪物。因此，所有人造的神像和人偶既让人产生对神明的敬畏，又让人产生对恶魔的恐惧；既有神性的高洁，又有怪物的卑贱；既是严谨而绝对的，又是可疑而充满欺骗意味的。

魔术师西门

翻开英语辞典，查找"simony"这个词，会找到"买卖圣物""靠神渔利"的解释。对其语源的解释是"源自认为金钱可以买来圣灵之力的魔术师西门[1]（Simon）。参照《使徒行传》8:18。那么，我们就先按图索骥，看一看《使徒行传》里相关的段落。

> 西门看见使徒按手，便有圣灵赐下，就拿钱给使徒，说："把这权柄也给我，叫我手按着谁，谁就可以受圣灵。"彼得说："你的银子和你一同灭亡吧！因你想神的恩赐是可以用钱买的。你在这道上无分无关，因为在神面前，你的心不正。你当懊悔你这罪恶，祈求主，或者你心里的意念可得赦免。我看出你正在苦胆之中，被罪恶捆绑。"西门说："愿你们为我

---

[1]. 西门·马吉斯（Simon Magus），信仰诺斯底主义的撒马利亚人，同时也是西门主义的创始人。他在圣经中有零星记载。一些基督徒认为他是基督教异端，称他为"行邪术的西门"。

求主，叫你们所说的，没有一样临到我身上。"

——《使徒行传》8∶18—24

西门看到彼得和约翰等使徒把手按在人们身上就能彰显圣灵的奇迹，便想用金钱为自己买来这种能力。西门不知道奇迹的发生要依靠真正的信仰，只想买来奇迹的躯壳，当然会被使徒们严词拒绝。他被看作是性格傲慢、容易嫉妒的魔术师。不过，即使被使徒们蔑视，当时的人们也未必就都把西门当作骗子对待。那么西门到底是何许人也？在刚才引用的买卖圣物的段落之前还有这样一段：

> 有一个人，名叫西门，向来在那城里行邪术，妄自尊大，使撒马利亚的百姓惊奇；无论大小都听从他，说："这人就是那称为神的大能者。"他们听从他，因他久用邪术，使他们惊奇。及至他们信了腓利所传神国的福音和耶稣基督的名，连男带女就受了洗。西门自己也信了，既受了洗，就常与腓利在一处，看见他所行的神迹和大异能，就甚惊奇。
>
> ——《使徒行传》8∶9—13

根据新约的记述，西门最后是否洗心革面我们暂且不议。总之，魔术师西门（西门·马吉斯）在众人面前施展了魔术，并被误认为具有"神的大能"。教宗圣克勉一世[1]（公元250年左右）曾在传道时提到西门那蒙蔽撒马利亚百姓双眼的魔术。根据教宗的说法，西门在蒸馏瓶里培育了一个何蒙库鲁兹。而且，他使用的原料既非金属也非泥土，而是空气。他用空气制造了这个谜一样的孩童。"在虚空中造人"的画面很容易让人联想起降灵术。西门造人的魔术其实和降灵术很接近。他令死去孩童的灵魂重新苏醒，并将它化为血肉。根据教宗的说法，西门制造何蒙库鲁兹的具体过程如下。

> 他说，首先把人类的普纽玛（气息、灵魂）变成性温的物质，再把周围的空气像放血器吸血那样吸进去。接着，把从普纽玛内部生成的空气变成水，再把水变成血……接着用这血做出肉体，肉体渐渐壮实，于是他不是从土地而是从空气中造出了一个人。他似乎确信自己能制造出新的人类。而且他还宣称自己能把创造之物解体，使人重新变回空气。
>
> ——《讲经》Ⅱ，36
> 引用自哥舒姆·舒勒姆《哥连的表象》

正如舒勒姆所言，炼金术师（浮士德的传说）和帕

---

[1]. 教宗圣克勉一世（Sanctus Clemens PP. Ⅰ），被罗马天主教定为第四任教宗，是基督教早期的使徒教父之一。

拉塞尔苏斯的何蒙库鲁兹制造观念中都隐晦地体现了西门的奇迹之术。它和哥连的制造也有许多共通之处，所以也就不难理解，由纯犹太教的《创造之书》中的圣名和黏土结合而生成的哥连，和遵循体现了诸神混杂思想（犹太教-基督教-希腊化时代思想）的诺斯底主义而从空气（普纽玛）中造出的人类（亦即来自虚空的造物），是同根同源的。正如舒勒姆所言，"西门·马吉斯的'神圣变身'很容易让人联想起《创造之书》宇宙生成论中阐述的理论——事物经由文字的'变身'（temuroth）而得以存在"。

西门的奇迹之术明显体现了炼金术的原理。根据刚才的记述，死孩复活的过程应该是这样的：经由死，一个人（孩童）失去血肉，解体还原成飘浮在空中且肉眼不可见的灵魂，这是一个自然的过程；西门逆转了这一过程，他从作为究极元素的灵魂中采集空气，接着将之化为水，水再化为血肉。把物质的三种存在状态——气体、液体和固体分解（死）的过程反向重演了一遍，这就是西门反自然的人体生成（复活）的含义。如果要在炼金术里找一个对照物，可以举水银（mercury，来源于墨丘利的名字"Mercurius"）为例。它可瞬间从气态变为液态，再变为固体金属，改变温度则可以使这个过程逆转。众所周知，荣格把空中不明飞行物（UFO）的出现和消失同水银状态的变化相提并论。同理，人死后并不是完全消亡，只是转变成了肉眼不可见的状态。死孩就好像是气化了似的，只要懂得将其再度凝缩的方法，便可轻易地让他返回原来有血有肉的状态。这个过程反过来也是成立的，所以西门才说"也可以把人再度转变为空气"。

假设西门·马吉斯真如前文所述通晓物质奥秘的话，那么他不仅可以在死孩身上施展奇迹的复活术，也可以把复活术用在自己身上。只要准备妥当，再把善后的方法告知得力的助手，西门就可靠着这复活之术一次次实现重生，成为不死之人。西门也确实将这个野心付诸行动，而且，他尝试复活的举动也含有挑战耶稣基督的意味。希波律陀[1]这样写道："由于他在撒马利亚停留了很久，所以不免遭到一些驳斥。他便反驳说，就算把自己活埋起来，他也能在被活埋后的第三天重新站起来。随后，他命人挖掘墓穴，自己躺进去之后，又让弟子们把土盖在自己身上。弟子们听从了西门的指示，但他却直到今天都被困在（墓穴的）里面。这是因为，西门不是耶稣基督。"

著有《全异教反驳》的护教者希波律陀认为西门的复活失败了，这是很自然的。如果西门成功复活，那就说明复活并不是神之子的特权，而是可以用魔术达成的奇迹，

---

1. 希波律陀（Hippolytus of Rome，约170—约235），公元2世纪基督教最重要的神学家之一，基督教早期的对立教宗，曾批判过撒伯流主义和教宗则斐琳，与罗马教宗加理多一世对立。

这将摧毁基督教体系的根基。不过，从他人的尸骸中造出新人也好，自己死后受肉复活也罢，西门的何蒙库兹制作不只局限于制作人造人，而潜藏着一种从原理上反叛基督教的精神。西门造人不像信奉卡巴拉的拉比们或希腊的诸神一样带着实用的目的。他从虚空中造人，并不是为了让造出的人当他的家丁或仆从，而完全是为了站到耶稣基督和使徒们的对立面，上演幻术，吸引人们关注他的异教。虽说比起实用性，哥连的制造者们更多的是夸示自己作为创造者的术士能力，但西门·马吉斯的野心更大，他希望通过魔术向撒马利亚人言明这种不可思议的现象背后更深层次的思想。这种更深层次的思想就是诺斯底主义。

有一则关于西门·马吉斯的奇妙传言，说他经常邀请一位平时被困在腓尼基小城的女士海伦出来，一起在街上散步。而且，对于西门来说，海伦不仅是一位实际存在的女性，还代表着一种思想（Ennoia）。查士丁[1]说过："这个名叫海伦的女人……是从他身上诞生的第一个思想。"爱任纽[2]的说明更为详细：

---

1. 查士丁（Marcus Junianus Justinus），公元3世纪时期罗马帝国的历史学家，著有《〈腓利史〉概要》一书。
2. 爱任纽（Irenaeus，约130—约202），基督教会主教，早期基督教神学家。他的著作开启了早期基督教神学的发展，并且被罗马公教会和正教会敬奉为圣人、教父。他是早期基督教的护教学家，据信是使徒约翰的弟子坡旅甲的门徒。

把海伦从腓尼基小城提尔的妓院里赎出来之后，他就让她陪在自己身边到处走动。他说，她正是自己最初的"思想"，是她最早让自己产生了制造天使和炽天使的想法。从西门体内生出的这个思想，最初遵从父亲的旨意来到下界，诞下天使和诸般神力，又照着父亲的样子用他们造出了这个世上的生灵。但是，被她生下来的天使们不想让人觉得自己是被造出来的，出于嫉妒，他们把她留在了人间。虽然西门自己没有注意到他们，但他的思想（Ennoia）却被她所生的天使和诸般神力强行留在人间，忍受着他们强加的万般凌辱，再也无法回到父亲身边。终于，她把自己关进人类的肉体里，几百年间在众多女性的身体间辗转。她也在那位成为特洛伊战争导火索的海伦身体里停留过……（中略）……她从一具肉体流浪到另一具肉体，始终承受着经久不绝的羞辱，终于选择委身于一个妓院——这也就是迷途的羔羊。

综上所述，海伦也就是暂时寄居在女性身体里的思想。追根溯源就会发现，这则逸闻是诺斯底主义中索菲亚遭流放故事的另一个版本。不过，索菲亚的神话故事明确提及了索菲亚与微观的肉体论和宏观的宇宙生成论之间的关系。

在索菲亚的神话故事里，索菲亚即相当于上文的海伦，而与"天使和诸般神力"相对应的则是索菲亚所生的七颗行星，或者说是统治着七颗行星的王者。索菲亚的神话故事有若干不同的版本，根据《约翰旁经》（公元120年左右成书于亚历山大港），其梗概大致如下：

有一次，天上的神从卡俄斯[1]的原水里看到了自己的样子，于是从那里诞生了女神芭布萝。潜藏在神目光里的芭布萝发出神圣的闪光，诞下第一个孩子。他被封圣，成为宇宙之主。神接着创造了四道伟大的圣光，第一道为亚当的住地而造，第二道为亚当的儿子塞特[2]而造，第三道为塞特的后裔，亦即诺斯底的徒辈而造，第四道为未能和诺斯底的徒辈一样被化为灵物的魂魄们而造。虽然神最后创造出的实体是索菲亚，但圣化了的索菲亚却又生出了一个集残缺、丑陋、愚钝、傲慢、无知等邪恶秉性于一身的儿子。他的名字是伊达波思（Yaldabaôth 或 Jaldabaoth）。这位本性邪恶的造物主在他居住的光明世界彼岸的荒凉空间里，创造了现在的物质世界，并创造了三百六十位天使。让七王掌管天上行星，让五王管理冥界的也是这位伊达波思。

当初神的面影映在卡俄斯原水的水面上时，伊达波思和七位行星之王就为其美貌所吸引，以至产生邪念，想将

---

1. 卡俄斯（Chaos），是希腊神话中的一个概念，没有形体，也没有明确的性别，是一切空间及概念的开始，最早由赫西俄德在《神谱》中提到。
2. 塞特（Seth），《旧约圣经·创世纪》中亚当与夏娃的第三个儿子，该隐与亚伯的弟弟，是除他们二人以外于圣经内提及其名的儿子。

其据为己有。"让我们仿照神的形象造出一个人吧！"众人提议道。大家竭尽全力，模仿神的原像造出了仿制品，这个仿制品就是亚当。不过，虽然伊达波思和七位行星之王竭尽所能把亚当造得身姿动人，外表看不出任何缺陷，但亚当却丝毫无法动弹（根据萨图尔尼努斯的说法，亚当无法直立，只能像蛆一样在地上爬来爬去）。这时，神把耶稣基督和四道圣光送到了伊达波思的世界，他们找到伊达波思，劝说他把从索菲亚那里继承的神圣之力吹入亚当体内。这样，亚当终于能够自由活动，并获得了足以对抗造出他的主人——伊达波思的力量。伊达波思懊悔不已，但为时已晚。为了使亚当和他的后裔留在物质世界，不让他们通过体内的圣光返回光的世界，伊达波思把亚当封印在由四大元素构成的肉身里，即把这具肉身变成了埋葬圣光的坟墓。

索菲亚的神话故事归纳了诺斯底主义的若干原理。以下剥去故事的外衣，直接列举诺斯底主义的主要原则。这些条款概括归纳了卡尔·安德雷森《诺斯底主义》第一卷的内容。

> 现世和我等思想无法理解的"原底"———也即神———之间，存在着绝对无法调和的对立。

---

1. 卡尔·安德雷森（Carl Andresen，1909—1985），德国福音主义神学者，基督教历史学者。

> 诺斯底主义信众的"自我""自己""灵"及魂魄,都绝对不变地保持着神性。
>
> 可是,"自我"却陷入现世,困于现世,知觉遭到麻痹,无法靠自身的力量得到解放。
>
> 从光之世界传来的神的"呼喊声"第一次解开了现世对自我的绑缚。
>
> 但是,现世终结之时,人体内的神性之物才会第一次主动回到故乡。

简单地说,这就是以光与暗、精神与物质的对立为基础的二元论。世界和人的本质是光,却落入了邪恶造物主(伊达波思)设下的陷阱。这位造物主从充溢着光明的故乡而来,却造出了暗与物质的此岸世界。于是,回家的归途被阻断,圣光被囚禁在物质和肉身的坟墓里。造出这个世界的不是神本身,而是嫉妒神的恶神。因着这造物主的恶,他所造的人类和世界也是不完整的,甚至也是邪恶的。

众所周知,处于派系之争当中的诺斯底主义从2世纪一直持续到7世纪左右,孕育了巴西里德[1]、圣瓦伦丁[2]、马吉安[3]等理论家。他们视自己为拥有特权的"灵知者",以

---

1. 巴西里德(Basilides),早期的诺斯底主义者,他宣称自己的宗教学识继承自使徒马提亚。
2. 圣瓦伦丁(Valentinus),3世纪的罗马圣人。
3. 马吉安(Marcion,约110—160),早期基督教的神学家,是第一位《新约》编辑者,自立马吉安派,亦是第一个被基督教会判为异端的派别。

区别于只保有灵魂而无灵知的一般信众。在一般信众之下，还有一类被他们认为是"物质之奴隶"的人，也即"形相者"。当然，越能感知灵知的人就越接近那个充溢着光明的真实故乡。

《约翰旁经》里记载的索菲亚神话故事是2世纪以来诺斯底主义基督教化后的产物，西门和海伦的故事相比之下只是个半成品，更接近一个原神话。据说在巴西里德从蛮族的典籍里翻找到的另一个版本（少说也在公元140年以前）里，索菲亚被称作"光之处女"，故事的情节也更加简单，主角只有光和暗。暗见到光时被她的美貌吸引，性的冲动被唤起。暗在情欲的驱使下追逐着光，渴望与之结合。可是，光却一心想着到下界看看。正当她像照镜一样凝视卡俄斯的原水时，一个（镜像一样的）影像从水里诞生。虽然光马上抽身，没有和暗直接接触，但留下的影像却落到了暗的手中，被撕成细小的碎块。在另一个版本里，这个影像被解释成是光之处女在原水水面上的投影。统治者们捕获了这个影像，加以改造，造出了这个模拟光之世界的可视世界。总之，光本身没有被送到这个满是污秽的世界和暗接触，只不过留下了一个影像。光本身保持着绝对的纯洁，始终停留在彼岸那不可视的充溢着光明的世界里。因此，诺斯底主义中，返回不受污染的真实故乡的救赎才保留了实现的可能。

不过，这个版本里的光（光之处女）为什么会被暗撕成细小的碎块呢？心理学上荣格一派所说的原全一性"向个体化分解的过程"也许能解释这一点。荷兰的诺斯底主义研究者希勒斯·奎司培尔指出这和酒神节的"五马分尸"仪式——"δπᾰραγμός"相关联。仪式上，作为牺牲的羊被扔到众人中间，人们就抬起羊的四肢往不同方向撕扯，把羊身扯裂，并生啖撕下的羊肉。"这项一直存续到公元前三世纪的仪式自然被柏拉图主义者们赋予意义，从中解读出了'世界上的普赛克（希腊语的灵魂）遭到分裂'的意味。诺斯底主义的理论想必也受到了这种解读的影响。"（《诺斯底派的人和犹太的传统》）这还让人想到，爱任纽把西门的海伦称作"迷途的羔羊"。海伦，不正适合作为被分割并关进一个个物质和肉体里的光（普赛克或世界灵）的象征吗？至此，索菲亚神话故事里反复讲述了在最初的人类亚当之前，这个世界上就存在着一个女性的实体——作为母亲的索菲亚（对于西门来说，这个女性就是海伦）。世界和人类都是统治者们被索菲亚的美挑起情欲后，仿造天上的原像造出来的模型。天上的原型和世界（和其间的人类）这个模型之间的关系之所以能够成立，是因为统治者和暗的情欲这样的邪恶之物起了作用。诺斯底主义的信徒们也是这样想的，因此他们的当务之急就是要狠狠地为世界变得邪恶的元凶——情欲，也即性的冲动——定罪。于是，索菲亚和亚当之间的母子关系就可能朝完全不同的方向发展。如果没有性的冲动，世界也就不复存在，这对母子就不必被拆散并各自被困在物质的躯壳里。这样一来，亚当自然不再为统治者们的情欲所扰，开始反省自己身上的性冲动，甚至发展到产生奇异的阉割情结。

倒回前面的话题，还有这么一则中伤西门·马吉斯的逸闻，说西门在听到耶稣升天的传闻之后，夸下海口说自己也能做到。他使用魔法飞上天空，但不一会儿就头朝下摔了个结实。通常这个故事都被拿来证明西门的魔法是何等地蹩脚，和耶稣基督真正的奇迹相比是多么地漏洞百出，但它的含义真是这样吗？

曾有人把亚当从乐园里失足跌落的场面，按字面意义解释成头朝下从空中跌落到地上。在诺斯底主义者们看来，世界的形成伴随着无尽的错误，所以在这个时期出现的第一个人类是头先着地的。殉教时被倒绑在十字架上的彼得，就是犯下罪过的最初的人类的反像。本不该出生的最初的人类是以头朝下的倒立姿态被生出来的，那么如果同样以倒立的姿态受磔刑，就肯定可以回到永恒的故乡。世界生成时各种颠倒的错误因为终末时刻的颠倒而一笔勾销，甚至得到救赎。

根据希勒斯·奎司培尔的说法，灵魂落地这一在古代广为流传的思想后来陆续被俄耳甫斯教[1]和柏拉图主义继承。不过对于一般的古代人来说，下落的场面还是和分娩

---

1. 俄耳甫斯教（Orphism），肇始于古希腊与希腊化时代，与文学作品中的神话诗人俄耳甫斯有关联。

的场景联系得更为紧密。因为孩子降生的时候也是头先落到地上的。新生儿落在母亲的双股之间。奎司培尔认为，柏拉图主义的传统用神话解释确认了这种灵魂落到地上的说法。被引为证据的是阿提斯[1]的神话故事。阿提斯离开祖母，爱上了一位宁芙[2]。祖母因此发了狂似的追赶阿提斯。于是他切断了自己的男根，回到了祖母身边。

> 柏拉图主义者这样为阿提斯和祖母的故事赋予寓意：灵魂是如何坠落到物质之中，又是如何返回理型的世界——他们从中看到了一种宇宙生成论和心理学的真理。
>
> ——希勒斯·奎司培尔
> 《诺斯底派的人和犹太的传统》

在这种解释里，阿提斯既是生而死灭的万物造物主，是物质世界生成的原理，又是由母亲派生，为杂乱物质世界制定秩序的一种意志。所以，阿提斯的自我阉割等于取消了世界的生成。性的意识是从母亲身上分离出来的，阉

---

[1] 阿提斯（Attis），农业神祇之一。为大地之神丘贝雷切断的男根化为的杏树之种与河神桑卡利俄斯的女儿拉娜相结合而生。故事流传于公元前4世纪后期的古希腊地区。
[2] 宁芙（Nymph），希腊神话中次要的女神，有时也被翻译成精灵和仙女，也被视为妖精的一员，出没于山林、原野、泉水、大海等地。宁芙是自然幻化的精灵，一般是美丽的少女形象，喜欢歌舞，不会衰老或生病，但会死去。

割则是一种向着母亲（一体性）的回归。尤利安[1]说，阿提斯也好，我们这些从前自天上飞落到地上的人也好，都在"最终成为一个整体"思想的指导下活动。

诺斯底主义思想也显然有这种柏拉图主义的神话解释的影子。西门之所以把索菲亚的体验投射到海伦身上，是以希腊化时代的海伦早已成为堕落又回归的灵魂的象征这一事实为前提的。根据这一事实，奎司培尔推测某些诺斯底主义者已经知道了柏拉图主义的神话解释，并且弄懂了其中的寓意。奎司培尔这样写道：

> 他们自己的叙述直接附和了那种（柏拉图主义的）说法：某人虽然离开了生母，却把自己的影子斩断，奔向充溢着光明的地方。和阿提斯一样，对自身的阉割表明，生的渴望应当被消灭。被切除之物即通往生成的情欲。像亚挪比乌这样的诺斯底主义者中的异端们还认为，灵魂先于头颅一步以底朝天的姿态坠入肉欲之中，也表达了同样的意思。
>
> ——希勒斯·奎司培尔
> 《诺斯底派的人和犹太的传统》

---

[1]. 尤利安，即弗拉维乌斯·克劳狄乌斯·尤利安努斯（Flavius Claudius Julianus，331—363），君士坦丁王朝的罗马皇帝。他师承于新柏拉图主义，崇信神秘仪典，支持宗教信仰自由，反对将基督教信仰视为国教，因此被基督教会称为背教者尤利安（Julian the Apostate）。他在位期间努力推动多项行政改革，是罗马帝国最后一位多神信仰的皇帝。

海伦带给西门的体验也可以按上述的逻辑加以解读。西门在腓尼基小城提尔初遇海伦时，她是一个妓女，即完完全全的情欲对象。西门把她从妓院里赎出来，是因为他意识到海伦并不是肉眼所见的妓女，而是寄生在他头脑里的思想，是一种索菲亚式的母性的存在。而西门为海伦赎身，也可以解读为一种重新赋予作为欲望对象的女性以母性的表现。要完成这件事，不一定要到自我阉割的地步，但至少也应以性方面的禁欲为前提。简而言之，西门逆向完成了生成的过程。他和妓院里那些精力充沛的壮年嫖客一样面对着同一位女人，却把海伦认作如自己母亲一样的人，所以又返回了孩童的状态。

这里我们见识到了诺斯底主义独特的关于时间的形而上学思考。如果说索菲亚的神话故事阐述了宇宙生成理论，那么它也就一定论及了和宇宙生成同时进行的时间的肇始。亨利-查尔斯·皮埃什教授（Henri-Charles Puech）在题为《诺斯底主义与时间》的论文里，比较了柏拉图《蒂迈欧篇》[1]和诺斯底主义中的造物主理念，并分析了两者的时间表象。让我们跟随皮埃什教授的视角，从时间论的角度重新探究一番索菲亚的神话故事。

索菲亚生下的伊达波思企图把比自己优越的"母亲"

1.《蒂迈欧篇》(*Timaeus*)，古希腊哲学家柏拉图的作品，大概写于公元前360年，以苏格拉底、赫莫克拉提斯、克里提亚斯等哲学家的对话形式来试图阐明宇宙万物的真理。

的构想据为己有，加以效仿。所以他和统治者们勾结起来，"生出命运，使天上诸神、天使、恶灵、人类都负着（命运的）轭，与数量、延续状态和时间紧密联系在一起"（《约翰旁经》）。其中的"延续状态"一项是伊达波思无知的产物，和原为优越的原型相比不过是不值一提的仿造品。柏拉图在《蒂迈欧篇》里也写道，造物主把超越性的理型[1]世界作为原型的同时，将宇宙作为最大限度进行复制的完全仿造物，创造了出来。不过皮埃什却认为柏拉图主义和诺斯底主义有着本质上的不同。柏拉图主义认为造物主充满智慧，认为他直接确切地知晓不灭的理型。诺斯底主义的神学学者们则认为，天上的原型只是"由堕落的母亲索菲亚催生的极其模糊的概念，是被削弱了的恍惚的知识"。

"因为他（造物主）自己就是堕落的、不完整的、不存在的产物，"皮埃什教授说道，"因为某种隔阂、某种深刻的缺陷，他被迫离开充溢着光明的地方。真理也从他的手心逃逸。他夸下海口，坚信自己能造出完美的复制品。但这复制品的永恒性、不变性、无限性不断构成又分解，随着瞬间、年月、世纪的时间线推移而变形，即处于一种不安定的多样性坠落为物质之后的形态。换言之，在无时

---

[1] 理型，出自理型论（theory of Forms），认为在人类感官能够感受到的事物的共相之上，存在着一种抽象的完美理型（Form）。柏拉图认为，人类感官可见的事物，并不是真实，只是一种表相，它是完美理型的一种投射。

间和时间之间早已不存在柏拉图主义认为的连续性，而是出现了断裂。时间这一造物主行创造之事时的产物，即使——就这样如出一辙地——被模仿得再精巧也好，也已不再拥有完美的表象，而变成一个赝品、一个仿造物、一个幻觉边缘的谎言、一出滑稽戏。"

即使看起来再坚固，造物主和他的徒辈——形相者们——所追求的稳定的物质延续状态也不过是一个仿造物。时间这种引发不安定因素的装置，和身上充溢着光明（拥有"真实存在"的彼岸世界）、洋溢着幸福之地的无时间相距甚远，不过是让人感到滑稽的模仿。不过，当我们尝试接近原本不可能被表现的、充溢着光明的彼岸世界的形象时，却能从我们的时间体验里找到与之相对应的讯息。"由母亲索菲亚催生的极其模糊的概念，被削弱了的恍惚的知识"——这一皮埃什对天上原型的定义会让我们想到玛丽·波拿巴公主[1]年幼时说的一句表现她时间意识的话："空阔的、无时间一样的延展。"诺斯底主义者们大概都是些显著地向幼年期退化的人。他们不愿像形相者那样屈服于盲目的情欲冲动，一边服从时间这一区分生死的尺度，一边拓展物质和肉体的领域，而是向往形象完美而形相欠缺的追忆中的世界。确保延续状态得以成立的积存和生殖行为是最大的罪。西门从虚空中创造出孩童，大概

---

1. 玛丽·波拿巴公主（Princess Marie Bonaparte，1882—1962），法国精神分析学家，和西格蒙德·弗洛伊德关系密切。她促进了精神分析学的大众化。

意在说明这个孩子不由性器生殖产生。如果真的能排除性的冲动，只凭爱的力量使相距甚远的母亲和儿子结合并诞下子嗣，那它的表现形式看起来确实就如同从虚空中创造出孩童一样。奇迹的孩童是无时间的产物，他不是肉体的结合而是爱的结晶，所以不知道生与死之间的界线。也因此，他和赫尔墨斯（Mercurius=水银）一样得以在生死之间随意穿行，一会儿出现，一会儿消失。后世的炼金术师们幻想中的何蒙库鲁兹，其实早在耶稣基督的年代就借由西门的魔法诞生了。

既不归于生，又不属于死，与生死世界都无缘的何蒙库鲁兹是无时间之人、不死之人。而且，即使在其父西门·马吉斯被指控欺诈而臭名昭著的晚年，西门一派的周围仍然时常笼罩着不可思议的不死的气息。

多西修斯和西门一样，受洗于施洗者约翰。奥利振[1]记述了这样一件关于多西修斯的事："撒马利亚人多西修斯宣称自己才是预言里的耶稣基督。于是多西修斯一派渐渐兴起，追随者们纷纷宣传多西修斯的著作，又讲述了若干神话故事来证明他的不死。"

还有一个关于西门的弟子米南德的奇妙故事：

> 米南德同样是来自卡帕勒泰亚村（Cappareteia）

---

1. 奥利振（Origenes Adamantius，185—254），神学家、哲学家，基督教中希腊教父的代表人物之一，亚历山大学派的重要代表人物之一。

的撒马利亚人，他也是西门的弟子。他的力量大概是从恶灵那里得来的吧。我们所知道的是，他来到安提阿，用魔法迷惑了许多人。他让弟子们相信他们不会死。现在这群弟子里还有几位留在当地，宣扬他的学说。（查士丁）

这个男人（西门）的继承人是出生于撒马利亚的米南德，他同样精通最高级的魔法。据他所言，至高的力不是每个人都能领会的，他以救世主的身份来到人间拯救人类，使人类免受不可见之物的威胁。这个世界是由和他自己与西门一样诞生于思想（Ennoia）的天使们创造的。他又补充道，用他自己所传授的魔法知识可以战胜创造了世界的天使们，受过他的洗礼的弟子们等于完成了复活的仪式，既不会死亡，也不会老去，将永远保持不死之身。（爱任纽）

如果以上的几个故事都是真实的，那么为什么只有开山祖师西门又是买卖圣物，又是复活和升天失败，行为漏洞百出呢？在作为新势力的宗教正稳步征服魔法这一旧势力的当时，使徒教父文书和使徒行传自然不可能接受这些敌对性质的文书的说法。所以说西门的复活就真的失败了吗？希波律陀只说被活埋后的西门并没有在第三天从坟墓里现身，"直到今天都被困在里面"，没有证据表明他死在了墓里。西门只是没有像耶稣一样向别人展示他的复活而已。诺斯底主义的真身要到"世界末日"后才会首次被开示。在这之前的所谓复活——即使是耶稣的复活——也都可能只是莫须有或是虚假的复活。隐没在耶稣基督两千年统治之下的真的复活终将在末日时出现，以证实哪一方才一直在行骗，决定哪一方能笑到最后。这未必只是我一个人的妄想。换句话说，它就是民俗诗里的"Nemo[1]"，就是通俗小说里出场的透明人和方托马斯[2]这样的"密者"，是藏起真身，一直窥视着这个世界，假托了自古以来大众的梦想和疑惑的灵魂之真。

---

1. Nemo，在拉丁文中表示无名小卒或没有人（Nobody）的意思。在《奥德赛》中，奥德修斯用这个词作为假名欺骗独眼巨人波吕斐摩斯。
2. 方托马斯（Fantômas），法国作家皮埃尔·苏维德和马塞尔·阿兰所著小说《方托马斯》中的主要人物，他被塑造成擅长易容术的犯罪天才。

瓶中精灵

读过萨默塞特·毛姆《魔法师》（1907年）的读者一定会记得结尾处，对魔法师奥利弗·哈多那间极其奇异怪诞的怪物收藏室那让人毛骨悚然的描写吧。以20世纪最著名的黑魔法师阿莱斯特·克劳利[1]为原型的奥利弗·哈多，在文宁村郊外居所一角建造的实验室里，用绝世美人玛格丽特的血浇灌了一座畸形人的幻梦乐园。这座乐园足以让江户川乱步《帕诺拉马岛绮谭》里的人造天堂帕诺拉马和有田制药的卫生博览会都黯然失色。乐园里无奇不有，有一种生物看起来就像一团肉块，乳房一般轻轻抖动，上面生出让人作呕的毛发；另一种生物看起来像没有眼睛和鼻子的婴儿；还有一种怪物在蓬松的身体上长着短小的手足。这还没完，这里还有一种怪物生着两个头，各长着一张让人不愿直视的凄惨脸孔，看起来就像双头的

---

1. 阿莱斯特·克劳利（Aleister Crowley，1875—1947），英格兰神秘学家、仪式魔法师、诗人。他创立了泰勒玛宗教，并将他自身定义为因受到委托而在20世纪初期把人类带入荷鲁斯纪元的先知。

婴儿被突兀地装到了有两个身体、四只手足的怪物身上一样。不过要说其中最大的杰作，还要数一边握拳捶打禁锢住自己的巨大玻璃瓶内壁，一边不住发出凄厉怒吼的何蒙库鲁兹。

  它……站起来大概有四英尺高。它的头严重变形，颅骨膨胀得很大，表面非常光滑，就像是患了脑积水一样，前额可怕地凸着。脸上的五官尚未成型，在巨大的向前凸起的额头的对比下显得异常微小，并且流露出一种恶魔般的邪恶感。那微小变形的面容随着剧烈的愤怒而扭曲着，恶心的嘴巴里不断冒出白沫。它渐渐提高了嗓音，愤怒地尖声喊着毫无意义的叽里呱啦声。接着，它开始疯狂地向玻璃壁撞去，并且敲打着自己的头。

（中译参照刘宸含中译本）

虽然奥利弗·哈多有志效仿帕拉塞尔苏斯造出何蒙库鲁兹，但在实验的例子方面，无疑是埃米尔·贝赛泽尼博士（Dr. Emil Besetzny）编著的《斯芬克斯》一书里举的库夫施泰因伯爵制造了十个何蒙库鲁兹的例子更为有力，这本书是我在伦敦桥的地摊上购得的。根据伯爵的管家雅各布·卡姆梅勒的说法，库夫施泰因伯爵约翰·费迪南德和杰洛尼大师一起制造的何蒙库鲁兹被放在一个盛满水的坚固玻璃瓶里。每隔三天，伯爵会为瓶子里的何蒙库鲁兹投喂一种玫瑰色的药剂。

毛姆借奥利弗·哈多之口讲述的费迪南德·冯·库夫施泰因伯爵和他关在瓶子里的何蒙库鲁兹的故事，绝不是完全没有根据的胡编乱造。据说毛姆有一段时间和黑魔法师克劳利十分要好，而且他在写作《魔法师》一书时曾连日造访大英图书馆，借阅黑魔法和恶魔学的大部头文献。管家雅各布·卡姆梅勒关于伯爵的何蒙库鲁兹的记录报告原件虽已散佚，但在1872年维也纳某位共济会[1]会员付注释的原件摘要中发现了部分卡姆梅勒的记述。毛姆大概就是在大英图书馆里读到了这份摘要。把赫尔穆特·斯沃博达归纳的库夫施泰因伯爵的实绩，和毛姆在书中的叙述放在一起比较就会发现，虽然毛姆的叙述少不了小说化的润色，但在细节上和事实并没有多少出入。那么接下来，我们就稍微讲一讲被认为事实上存在过的库夫施泰因伯爵的何蒙库鲁兹。

约翰·费迪南德·冯·裘夫施泰因（或写作库夫施泰因）伯爵来自蒂罗尔，是显赫的玫瑰十字会[2]后期成员

---

1. 共济会（Freemasonry），出现于18世纪的西欧，早期为石匠工会，有独特仪式和标志，后来发展成世界组织，成为权贵交流的俱乐部。共济会是一种非宗教性质的兄弟会，基本宗旨为倡导博爱、自由、慈善，追求提升个人精神内在美德以促进人类社会完善。阴谋论者认为，共济会是富人和权贵的阴谋组织，有着不为人知的统治世界秘密计划，比如"新世界秩序"。
2. 玫瑰十字会（Rosenkreuzer），中世纪末期的一个欧洲秘传教团，以玫瑰和十字作为它的象征。

兼降神术师。1775年，伯爵在意大利南部卡拉布里亚的客栈里遇到了自称杰洛尼大师（他还有另一个名字是阿贝·西罗内）的意大利人僧侣。伯爵被杰洛尼大师领到杳无人迹的山间迦密会[1]修道院隐居起来，并在那里建了一间炼金房。炼金房里的炉火一刻不停地烧了五个星期，两人在这里造出了十个身长几厘米的何蒙库鲁兹，把它们"放进了比存放果酱的瓶子稍细稍长"的酿造瓶里。瓶子用以牛膀胱制成的塞子塞好，塞子上还刻有所罗门的封印。接下来的某夜，玻璃瓶被埋进寺院庭子里由两套马车的马排泄出的粪便里，每天都被注入让人觉得有些恶心的不明液体。四周之后，瓶子在庄严的仪式中被重新开封，又被置于暖和的沙堆里数日。再看，何蒙库鲁兹的个头已经长到三十多厘米了。

十个何蒙库鲁兹长相各异，从生出来的时候起就各有各的样貌。于是杰洛尼大师分别赋予他们国王、王后、骑士、僧侣的身份，并为他们准备了符合各自身份的披风和其他配饰。库夫施泰因伯爵随即带着这些瓶子里的侏儒们返回奥地利。虽然顺利到达维也纳，不过这时，何蒙库鲁兹还在继续长大，玻璃瓶已经显得有些小了。但是，玻璃瓶的底部被嵌进了带有魔法的护身符和圣髑[2]的碎片，所

---

1. 迦密会（Ordo fratrum Beatæ Virginis Mariæ de monte Carmelo），天主教托钵修会之一，于12世纪中叶由意大利人贝托尔德在巴勒斯坦的迦密山创建。会规严格，内容包括守斋、苦行、缄默不语、与世隔绝。
2. 圣髑（reliquiae），宗教圣人的物品或遗体遗骨。

以无法把何蒙库鲁兹转移到更大的瓶子里。伯爵吩咐造家具的工匠造出能放到瓶子里的微型椅子，好让何蒙库鲁兹们坐下。那是以玉为原料打造出的精致细腻的迷你座椅。他们——如毛姆在书中所述的——每隔三天被投喂一种豌豆大小的玫瑰色糊状食物。瓶子里的水则每隔八天被慎重地更换一次。

随后，库夫施泰因伯爵似乎渐渐开始让何蒙库鲁兹在降灵术会和玫瑰十字会集会等公开场合亮相。到场的人被吩咐绝对不可将自己的所见所闻外传，而展示何蒙库鲁兹的目的则是让他们像"Teraphim"一样做出预言。不过，库夫施泰因伯爵的何蒙库鲁兹的语言能力相当让人怀疑。马克思·蓝贝格伯爵等人回忆说在某个集会上见到的这种"令人生厌的怪物"几乎没有任何举动。

说到可疑之处，库夫施泰因伯爵的何蒙库鲁兹的长相和人类相似这点也十分值得怀疑。如果是男性的何蒙库鲁兹（也有被赋予"女王"头衔的女性何蒙库鲁兹），则面生须髯，手指和脚趾长得像是猛禽的爪子。但根据管家兼助手卡姆梅勒的报告，何蒙库鲁兹最初长得像"个头很小的鲨鱼"，长大之后则像"个头颇大的蜥蜴"。何蒙库鲁兹因为无法忍受干燥和太阳光的照射而长期生活在水里，所以也有人认为他们就是一种个头较大的水陆两栖动物。与其说他们的长相和人类相似，不如说恰恰是为了让他们看起来和人类相似，伯爵才为他们穿戴披风和头巾。

除此之外还有别的推测，赫尔穆特·斯沃博达推测库夫施泰因伯爵的何蒙库鲁兹就是在格里美尔斯豪森[1]的小说《冒险者辛普利契西姆斯》里出现的"Galgenmännlein"。"Galgenmännlein"的字面意义是"绞刑架的侏儒"。它被认为是从溅有死刑犯的粪尿和血的土中长出来的人形植物风茄（曼德拉草）。本书之后有详述曼德拉草的章节（"曼德拉草之旅"）。总之，斯沃博达的推测并不是完全没有根据的。现在保存着鲁道夫二世遗物的维也纳王室博物馆里，还保存着一对披着披风和头巾的男女风茄，男性风茄脸上还长着毛发和胡须。如果是植物，那被养在水中也就一点都不奇怪了。大概从奉行风格主义的皇帝鲁道夫二世的时代起，维也纳玫瑰十字会的成员们就开始有了崇拜穿着人类服饰的风茄的传统。鲁道夫二世的时代和库夫施泰因伯爵之间大约相隔两个世纪。被认为是鲁道夫二世的风茄的物种，其实很有可能就是库夫施泰因伯爵造出的何蒙库鲁兹。

不过，关于库夫施泰因伯爵的何蒙库鲁兹是人造人、两栖动物抑或是魔法植物的讨论，也许本就没有那么重要。毛姆之所以把库夫施泰因伯爵的侏儒描写成人造的怪物，主要是为小说结尾处展现怪物收藏室的恐怖埋下伏

---

1. 格里美尔斯豪森（Grimmelshausen，1621或1622—1676），德国作家，代表作为《痴儿西木传》。

笔。把帕拉塞尔苏斯以人血为饵食造出何蒙库鲁兹的传说，和魔法师奥利弗·哈多吸血鬼式的形象相结合。吸走淫荡的处女玛格丽特的血来孵化玻璃瓶中奇怪的胚胎，这是恶魔主义的"处女怀胎"，也就构成了一个对圣母玛利亚处女受胎充满恶意的反像。

  毛姆笔下奥利弗·哈多的形象——大腹便便的身体、桀骜不驯的态度、信奉唯美主义、好发警句——乍看让人联想到王尔德。虽然加进了通俗喜剧式的描写，但其中的一些章节仍准确地传达了魔法师阿莱斯特·克劳利的思想。奥利弗饲育恶魔的超人哲学，可以说反映了从世纪末阴暗的恶魔主义氛围中复活的帕拉塞尔苏斯的诺斯底主义式圣母崇拜思想。毛姆娱乐化的书写，出其不意地把内在于帕拉塞尔苏斯哲学的恶魔主义的暗黑面，放在了启蒙主义的显微镜下。透过这台显微镜，奇诡怪物何蒙库鲁兹那清净无垢的内里得以被人们发现。在帕拉塞尔苏斯的记述以及瓦伦提诺斯·安德瑞[1]的炼金术小说《化学的婚姻》里，经历施虐式的过程而诞生的闪耀的光之子何蒙库鲁兹，于近代社会高度发达的时期被逐出乐园，只能以让人无法直视的怪物形象徘徊于近代社会这片流放地。大约以库夫施泰因伯爵生活的18世纪为界，何蒙库鲁兹的形象经历了从纯洁到丑恶、从爱的结

---

1. 瓦伦提诺斯·安德瑞（Johann Valentin Andreae，1586—1654），德国作家、神学家，其作品与玫瑰十字会有关。

晶到罪的后代这样一百八十度的转变。从《弗兰肯斯坦》到布莱姆·斯托克[1]的《德古拉》，再到《道连·格雷的画像》和毛姆的《魔法师》。值得一提的还有也以阿莱斯特·克劳利为原型的《魔法师》，作者约翰·福尔斯[2]在七十八个章节里分别加入了七十八张大、小阿尔卡那塔罗牌的象征表现。最后要提到的一部代表性的作品是科林·威尔逊[3]的《贤者之石》：何蒙库鲁兹被逐出乐园，堕落到与各种丑恶冷酷的怪物相提并论的地步，只好重新从悲哀的流放地返回故乡（福尔斯和威尔逊的作品里就有这种存在主义的倾向）。不过，让我们暂时把视线从英国神秘文学的谱系上移开，转向文艺复兴时期的何蒙库鲁兹之父圣帕拉塞尔苏斯，彻底地探究他制造何蒙库鲁兹的方法。

帕拉塞尔苏斯关于何蒙库鲁兹的论述见于《何蒙库鲁兹之书》《妖精之书》《智慧哲学》等著作，甚至连不被今人认为是帕拉塞尔苏斯所著的《自然魔术》《卡巴利亚》等伪帕拉塞尔苏斯魔法书中也有涉及。尽管没有出现何蒙库鲁兹（拉丁语"人类"<homo>一词的变形，

---

1. 布莱姆·斯托克（Bram Stoker，1847—1912），爱尔兰小说家，代表作《德古拉》是其传世之作。
2. 约翰·福尔斯（John Fowles，1926—2005），英国当代作家，代表作有《收藏家》《法国中尉的女人》和《魔法师》。《英国文学思想史》评价他是"英国后现代主义美学的重要开创者"。
3. 科林·威尔逊（Colin Wilson，1931—2013），英国小说家、评论家，代表作为《局外人》。

意为"小人")一词,但帕拉塞尔苏斯在不少神学论文和社会政治学的著作中(例如《王国的兴起和崩溃》)都以"是为巨人的侏儒"——诺斯底主义认为的第一个人类——的生成和灭亡作为论述的基础。这可以被视为何蒙库鲁兹理论的一种变形。换句话说,他的哲学涵盖了占星术、肉体论(医学)、炼金术、神学、社会政治学等多个领域,再以类比推理的方式解析这个世界的规则。这种思想的基底是经历过分裂的结合,承受过不同性质的物之间离心力的分裂,以向心力的方式迈向统一。这种向着本质回归的幻想始终潜藏在帕拉塞尔苏斯思想的内核里。因此,何蒙库鲁兹同贤者之石、凤凰和独角兽一样,都是在原初的纯洁之物已经不复存在之后,被迫发明出来的"后天的纯洁之物",所以也的确可以看作炼金术的象征。

帕拉塞尔苏斯关于何蒙库鲁兹的论述中最有名的是《物性论》(收入《自然魔术》)中的一节:

> 不少古代的哲学学者都抱持着一个疑问:是否可能通过自然或人工的力量,在女人的肉体或自然母体之外造出一个人?对此我的回答是,有一种既使用了炼金术又离不了自然的方法,完全能达到造人的目的。那么究竟是如何实现的呢?方法如下:先在封装着一名男子精液的蒸馏瓶中放入最佳的腐败

物（马粪），保存40天，或者保存至肉眼能清楚观察到瓶子里内容物的运动为止。经过这个阶段，内容物的某些部位看起来已经和人类很像了，但整个身体还是透明的。在这之后，要每天慎重地以人血这种秘药（Arcano sanguinis humani）投喂40周，并始终保证蒸馏瓶处于马的胎内温度。这样一来，瓶子里就会诞生一个和普通女性生下来的婴孩别无二致的五体健全的人之子。因为他比普通婴孩的个头要小上一些，所以我们把他称作"何蒙库鲁兹"（侏儒）。虽然称呼不同，但我们要像对待其他孩子一样诚心慎重地培育他，使他既能独身自立又能拥有才智。

这样的何蒙库鲁兹到成年的时候会长成巨人、侏儒等各种各样让人害怕的畸形模样，但他们在面对真正的敌人时常能高奏凯歌。这是因为他们精通常人无从知晓的种种隐秘知识，因此常常在关键时刻登场，成为克敌制胜的秘密武器。他们通过人工（Kunst）的力量获得生命，通过人工的力量获得身体、手足、血，因着人工的力量而生，所以生来就有技艺（Kunst）傍身。这些技艺不是哪个人教给他们的，人类反过来需要向他们学习。因为正如庭园、玫瑰和园艺花卉一样，何蒙库鲁兹是因人工而生，靠人工而长的。

如果说帕拉塞尔苏斯的《何蒙库鲁兹之书》叙述了何蒙库鲁兹的生成原理，那《妖精之书》就详细展示了如上所述的何蒙库鲁兹成年后变化出巨人、侏儒、畸形人、妖精等种种形态的过程。在阅读《妖精之书》的过程中，我不禁想起近代文学作品塑造的异形主人公们——比如弗兰肯斯坦的怪物、《没有个性的人》[1]里凶犯莫斯布鲁格尔那样的巨人、巴黎圣母院的钟楼怪人、《带我到世界尽头》里只有身体的畸形女人、埃利亚斯·卡内蒂[2]《迷惘》中的佝偻侏儒（费舍勒）、《铁皮鼓》[3]中的侏儒奥斯卡、爱丽丝和洛丽塔这样的小妖精（宁芙，nymphet），不禁思索他们是如何从文艺复兴时期魔法的人工胎盘中被孕育出来的。帕拉塞尔苏斯的妖精论还涉及古代东方人类和精灵结合生出特异孩童的古老传说。这种传说的背景主要是大洪水时期，人类和精灵不加区别，互相媾合，因此产生了"不悦的混淆"，诞下畸形人或野蛮人，潘诺尼亚的匈人[4]和异教

1.《没有个性的人》(*Der Mann ohne Eigenschaften*)，奥地利小说家罗伯特·穆齐尔的一部未完成的小说，分三部。小说背景设定在奥匈帝国的最后岁月。小说并没有一个具体的主题，情节经常转入哲学思辨，以及对人类精神和情感的解剖。
2. 埃利亚斯·卡内蒂 (Elias Canetti, 1905—1994)，保加利亚出生的犹太小说家、评论家、社会学家和剧作家，1981年诺贝尔文学奖得主，代表作为《迷惘》。
3.《铁皮鼓》(*Die Blechtrommel*)，德国作家君特·格拉斯1959年的作品，是"但泽三部曲"的第一部。
4. 匈人（Huns），古代生活在欧亚大陆的游牧民族。他们在4世纪西迁到了东欧，并入侵东、西罗马帝国。

的诸神就是其中的代表。同时，这样的异种结合又孕育了阿喀琉斯、罗慕路斯[1]、亚历山大大帝、赫拉克勒斯、查理曼圣骑士[2]这样的英雄和天才。被帕拉塞尔苏斯称作"常常能退敌奏凯的工具"的就是后者。顺带一提，在帕拉塞尔苏斯的记述中，何蒙库鲁兹最初的妊娠时间也是"40天"，这当然是对《圣经》里为清洗罪孽而持续40天的大洪水的模仿。

所以，把毛姆小说里登场的那些个小市民角色吓得半死的"靠吸食人血为生的何蒙库鲁兹"，在帕拉塞尔苏斯原本的叙述里其实只是"以人血为秘药"，可这里的"人血"总让人觉得是在动脉里流淌着的鲜血。和黑魔法师奥利弗·哈多以美妙之因（美女玛格丽特）造出丑恶之果（怪物们）相反，炼金术师常常希望用粪尿、经血这样的不净丑恶之物造出令人惊讶的至纯之物。

精子吞食经血以形成胚胎，这是在古代广为流传的人体生成观念。证据是，一旦开始妊娠，精子就会一滴不剩地把经血喝干，所以月经才会停止。亚里士多德认为女性没有精子，所以胎儿生成的原动力都来自男性的精子，女性的作用只不过是提供经血作为养料，促进胚胎的发育而已。因此，如果精子的力（男性的要素）比较弱，生出来

---

[1]. 罗慕路斯（Romulus，约771—约717），与瑞摩斯（Remus）同为罗马神话中罗马市的奠基人。在罗马神话中他们是一对双生子。
[2]. 圣骑士（Paladin），公元800年前后跟随查理曼东征西讨的十二位勇士。

的孩子就会是女性。老普林尼[1]也认为当精子进入经血时，经血起到了类似酵素的作用。

在亚里士多德和老普林尼的说法里，血的饲育能力只在自然的子宫环境内起作用。当然，渐渐也有一些学说认为血在宫外及人造胎盘的环境下也能发挥作用。利奥·费罗贝尼乌斯[2]记录的祖鲁族[3]神话里有一个故事：生来不孕的女人如果把自己的一滴血滴到长锅里，盖上锅盖放上八个月，到第九个月揭开盖子时，锅里就会出现一个婴孩。这是表现血催化子宫外妊娠的神奇作用的一例，祖鲁族的女性使用锅作为"人造胎盘"这一点也是意味深长。一般来说何蒙库鲁兹是在密封的"容器"里加热试炼而成的。密封的容器同时又可以视作诺亚的方舟。能在神之震怒引发的滔天洪水里幸存下来的，只有密封容器里的光之子。像约拿被吞进鲸腹这样的英雄传说也和在容器里加热、受试炼以获得新生的主题相关联，鲸腹的温度可是相当高的。

何蒙库鲁兹的制作者们经常使用的加热源是粪便。他们利用粪便里的热量来试炼精子，培育何蒙库鲁兹。不过，关于这一点，帕拉塞尔苏斯之后的炼金术师之间发生

---

1. 老普林尼，即盖乌斯·普林尼·塞孔杜斯（Gaius Plinius Secundus, 23—79），古罗马作家、博物学者、军人、政治家，以《自然史》一书留名后世，其外甥为小普林尼。
2. 利奥·费罗贝尼乌斯（Leo Frobenius, 1873—1938），德国民族学家、考古学家，是德国民族学的先驱之一。
3. 祖鲁族（amaZulu），非洲的一个民族，约1100万人口，主要居住于南非的夸祖鲁-纳塔尔省。

了分歧。根据赫伯特·西尔贝雷[1]的记述，一小部分炼金术师完完全全地遵从炼金术书籍字面意义上的说法，造成了十分可笑的误会。

> 读到哲学之卵的段落时，就以为在讲真正的卵。读到讲精液里的灵魂和精子的段落时，就擅自推断精子是第一原质。这样就生出了精子论者的一派。还有另一个和（造人的）主体有关的段落是这么说的：如果那样东西里住着人的话，那么那样东西一定到处都是，但它却因价值不为人所知而被随意丢弃，被视作微不足道、卑贱的东西。有些人太过拘泥于"腐败"这个词，于是推断真正的原质藏在人的粪便里，这样就生出了粪尿论者的一派。
>
> ——赫伯特·西尔贝雷
> 《神秘学和其象征表现的诸问题》

而且，粪尿论者的"粪崇拜"进一步发展，催生了臭名昭著的"粪药店"，宣传粪治百病。现在德国似乎还有被标上高价的"恶魔粪便"。帕拉塞尔苏斯还宣称，男同性恋者在肛交时把精子射入直肠的粪便里，会有怪物从中诞生。稍微思考一下这种说法，人体每天都会排便，所以

---

1. 赫伯特·西尔贝雷（Herbert Silberer，1882—1923），奥地利精神分析学家。

无法完全否认粪便中携带着胚胎的可能性。不过这里说的粪便和肛门，更像是为寄居在其间的东西提供再生动力的坟墓，是一种"低层次肉体"的比喻。一般来说，何蒙库鲁兹的生成顺序是：活体的分解（而且是施虐式的肢解），随后经过（在坟墓中）腐化或死后的密封而获得新生。帕拉塞尔苏斯说："腐化是对所有自然之物原初本质的破坏，事物又需经腐化而再生。"

这让人想起俄西里斯的神话和被黑暗五马分尸的母亲索菲亚的故事。复活的神话几乎无一例外地遵循着"解体—组合""死—复活"的轨迹。波斯原人迦约玛特[1]死去时，精液落到大地上，生出了最初的男人和女人，呈大黄草形状。乌拉诺斯被儿子克洛诺斯用大镰刀割下阳具，阳具被扔进海里，生出了阿佛洛狄忒。素盏呜尊[2]斩杀保食神[3]后，从保食神尸骸的洞里长出了各种各样的谷物。复活神话的形象也出现在现代分裂症患者的妄想之中。某位精神病理学者记录下的患者妄想有如下描述：世上所有事物的碎片被放在一起炖煮，最终被烧成灰烬，"灰烬里生出了人"。

何蒙库鲁兹生成的过程，就像这样从神话上的一元

---

1. 迦约玛特（Keyumars），波斯诗人菲尔多西叙事诗《列王纪》中的第一代波斯王。
2. 素盏呜尊（スサノオ），日本神话神祇，伊奘诺尊所生三贵子之幺子。其性格变化无常，时而凶暴时而英勇，最著名事迹为斩杀八岐大蛇。
3. 保食神（ウケモチノカミ），日本神话里出现的女神。

分裂成无数的碎片（个体），通过加热（这里的"热"可以看作历史或时间的譬喻）的过程又回归本源的一元状态。这个过程就像一个炼金术式比喻。这里出现了一个问题，历史上最初的原人"Anthropos"（希腊语里的"人"）分解成了无数的人，那么这个过程到底是无限的，还是有限的呢？何蒙库鲁兹的制作者们大概倾向于认为这个过程是有限的。因为，如果一元向个体的分裂不是有限的，不局限于一定数量的话，已经消失的原人那本应重新现身的模像何蒙库鲁兹，就会因为无穷无尽的分裂而无法完整地合一，就只能是有缺陷的怪物。站在前者的立场上看，如果原人的分裂过程无限进行下去，何蒙库鲁兹就永远无法诞生。所以，何蒙库鲁兹的表象可以看作认为宇宙和历史是有限或无限这两种世界观的分界点。如果宇宙和历史是有限的，那么何蒙库鲁兹就是在有限历史的终末、有限时间的废止之后出现的不死之人、无时间之人。但如果站在后者的立场上，历史处在无限的进步之中，应许的何蒙库鲁兹奇迹不会出现，于是只能对现在的人进行渐次的改良（教育）。不过，应该注意到，前者充满末日论论调的悲观主义和后者代表着进步观念的乐观主义看上去都一样浅薄。其实前者才代表着预定和谐[1]的理论，后者则更没

---

1. 预定和谐，由莱布尼兹提出的理论，认为构成各种复合物的最后单位是真正单纯的存在，称"单子"，"单子"是精神性的存在，有"知觉"和"欲望"，每一"单子"都凭其"知觉"而能够反映整个宇宙，就像镜子照物一般，最高的单子是上帝，上帝创造了其他所有单子。

有目的性。为了验证这一反论，我们需要先了解一下先成（preformation）的理论。

约翰·科恩的《哥连与机器人》里引述了某本年代久远的《圣经》注解里的一段。这一段是对《约伯记》"他行大事不可测度，行奇事不可胜数"（9:10）的解释。有人问施洗约翰，约伯的这句话是什么意思，施洗约翰这样回答：

> 你们应该懂得，从亚当之后就一直存在，并将一直存在到世界末日的世上所有事物的灵魂，都在最初的六天里被创造出来了。

施洗约翰认为，神身边有两位天使侍候，他们一个掌管灵魂，另一个掌管肉体。如果看到人间有一双男女同床共枕，神就唤来管理妊娠（肉体形成）的天使莱拉（Lailah），吩咐"今晚请以这男人的精子让女人受孕，赋予那胎内的孩子经年可用的器官"，接着又继续给出关于孩子形态的指示，决定孩子是男是女、个大个小、或美或丑。然后，他唤来管理灵魂的天使，命他从创世的六天里已造好、贮藏在乐园里的灵魂中，召唤出预先为这孩子准备好的那一个，并把这个灵魂放进男人的精子里。当然，灵魂不愿意离开乐园，所以会再三抱怨，不愿前往。但神回答他，这是自创造之日起就决定好的事。灵魂就这样被强制放入精子里，于是当精子到达母胎时，灵魂也就一起潜进了子宫。

终于到了生产的日子，灵魂和它的守护天使却在这时合演了一出黑色喜剧。灵魂不断抵抗着来到人世间的命运，天使只好耐心地和它讲道理："孩子啊，你听好。你的形态不由你的意志决定，诞生不由你的意志决定，到最后，你的死也将不由你的意志决定。"说完，他弹了一下不愿离开母胎的婴孩的鼻尖，吹灭了婴孩头上代表乐园住民身份的圣光，再用力把婴孩往外一推。这一瞬间，婴孩完全忘掉了在这之前的所见所闻。施洗约翰认为，婴孩之所以会啼哭，是"因为他不得不从以前居住的安静平和的世界离开"。

所以，根据先成说，从创世之日到世界终结期间生成的全体人类的数量，已经事先由最初的男人亚当的精子数量和最初的女人夏娃的卵子数量——也即"原数"——决定好了。所以，一旦原精子和原卵子消耗完毕，人类就会迎来末日。

先成说让人联想到莱布尼茨的"人类的灵魂和肉体以雏形状态始终存在着，和受孕与否无关"。从"与受孕无关"的思想里诞生的"雏形状态"一词，也可以直接拿来定义反胎生的何蒙库鲁兹。柏拉图的理型也是一种先成论式的雏形状态。卡巴拉里把万物未分化前的等待阶段称作雏形状态，它是涵盖了万物个性的根源一样的存在，也即神圣的智慧（bina）。先成无关个体的意志，而由全体或者说宇宙的意志决定并执行。"bina"里已经事先储存着未来将存在的所有事物的形态。一言以蔽之，世界作为一个整体时是和谐的，聚焦于部分或个体时则表现出不和谐。爱人死了，天气还是一样晴好。加诸个体身上的痛苦和恐惧，对于全体的和谐而言不过是一个点缀的要素。

那么，何蒙库鲁兹为什么会被渐渐描绘成让人无法直视的畸形怪物呢？这是因为，原本作为无时间之人代表的何蒙库鲁兹，被克洛诺斯那把能砍断一切事物的镰刀（也即时间）截获了。本来完美的一元在时间介入的瞬间受到损伤，变得畸形，走向分裂。如果不从时间的轮转中逃脱，一度受损的完美就不会再复现。像前文论述的一样，光之子何蒙库鲁兹从被流放到由时间支配的此岸时开始，就换上了一副凄惨怪异的怪物面孔。从那时开始，他心怀对时间彼岸的渴望，绝望地用头撞击着历史这一透明牢狱的墙壁，苦闷地寻找着逃脱的方法。他那因为思念天上的故乡而发出的叫声，怪异却也令人动容。

最优秀的炼金术师中也有一些声音开始怀疑制造何蒙库鲁兹的可信度。他们中断实验，让被密封起来的无时间的造物暴露在时间的世界之中，让畸形的怪物在世人面前曝光，虽然这并非他们的本意。不过他们的失败终究只是个人的失败。还有人因为担心亵渎神明会遭到报应而把玻璃瓶摔得粉碎。这些人的错误在于太纠结于何蒙库鲁兹在时间受污染后的分裂状态。何蒙库鲁兹分裂时的状态确实和怪物无异，然而他在时间彼岸出现时的完整状态则无疑符合天使的特征。遗憾的是，真正创造了天使的大师们对自己的成功讳莫如深，同天使（也即何蒙库鲁兹）一起飞向了无时间的静谧。于是留给我们的就只有一堆失败的记录。以下举迈蒙尼德的例子作为本篇的尾声。

迈蒙尼德，本名阿卜·阿卜拉姆·穆萨·本·迈蒙·伊本·阿卜达拉。他是住在开罗城的桑塔人[1]，是萨拉丁[2]的御医。不过，他化名摩西·本·迈蒙或迈蒙尼德时的另一个身份——中世纪犹太神学的学者——更加为人熟知。这位12世纪初的大学者身边总是环绕着谜团。比如说，他发现了为无生命之物赋予生命的秘密。他的一个学生无意间窥探到了这个秘密，主动申请参加这个危险的实验。为了变成无生命之物，他先让人把自己的身体大卸八块，装进瓶子里。依照计划，学生的身体会进一步分裂，9个月后长成一个全新的少年。到了第8个月，分明已经可以从破碎的肉体里感受到生命的迹象了，但就在这个时候，迈蒙尼德忽然被一阵恐惧侵袭。他担心神会发怒，

---

1. 桑塔人（Santhal），定居于尼泊尔及印度的原住民，多数分布在尼泊尔和印度的贾坎德邦、西孟加拉邦、比哈尔邦、奥里萨邦和阿萨姆邦，也有小部分分布在孟加拉。
2. 萨拉丁（Saladin，1137或1138—1193），埃及阿尤布王朝的第一位苏丹及叙利亚的第一位苏丹。

良心受尽折磨，终于决定违背和学生的约定。他一下子打碎了保护着发育中的新生命的玻璃瓶，被切得七零八碎的学生就以这样一个令人惨不忍睹的形象潜进了死亡的深渊。

少女人偶弗朗辛

有这样一个关于哲学家勒内·笛卡尔[1]的传闻,说他经常把一个名叫弗朗辛、看上去大概五岁的少女人偶装进手提箱,寸步不离地带在身边。就是应克里斯蒂娜女王的邀请,经海路造访瑞典时,笛卡尔也要把这个人偶带进船舱,而且就像是对着一个活人一样,和她聊天,照顾她的日常起居。偶尔在船舱外听到低语声的船长趁着笛卡尔不在时入内调查了一番,发现一个少女人偶躺在床上,玻璃制成的双眼圆睁,阴森可怕。就在这时,狂风大作,巨浪骤起,船身开始剧烈摇晃,眼看就要沉没了。船长认定这是这个恶魔制造的人偶带来的诅咒,于是把它从笛卡尔的船舱里拿出来扔到了海里。瞬间,风平浪静,就像什么都没有发生过似的。

关于笛卡尔的人偶,18 世纪著名的机械人偶制作者雅克·德罗父子的传记作者芝柏和佩罗曾评论道:"说到

---

1. 勒内·笛卡尔(René Descartes,1596—1650),法国著名哲学家、数学家、物理学家。

这个领域（机械人偶）最早的发明，就不得不举 17 世纪笛卡尔的机械人偶弗朗辛为例。"如上，虽然不是完全没有人相信少女人偶弗朗辛的存在，但大多数笛卡尔的传记作者还是把它当作毫无根据的街谈巷议。然而，在《谈谈方法》第五部分里把动物看作一种自动机器进行论述的笛卡尔，即便真的做出了人模人样的自动人偶，当时的人们也肯定会觉得是理所当然的吧。而且，笛卡尔著作里再三出现的一些论述，也说明这个传说未必就不是事实。请看《论灵魂的激情》里论述活人身体和死人身体区别的著名一节：

> 因此，为了能够摆脱这个错误，我们将认为死亡的到来从来不是由于灵魂的缺失，而只是由于身体的一些基本部分坏掉了，并且，我们判断一个活人的身体与一个死人的身体的区别就如同是判断一块状态良好的手表或一台别的自动的机器与已经损坏的手表或机器的区别一样，当一块手表或别的机器装备良好，并且它自身具有物理运动的原动力（正是为此它才被组装了起来），拥有一切行动的条件的时候，它就好比是我们活的身体，而当它断裂了，并且它的原动力不再起作用时，就变成了和人们死亡的身体一样的东西了。

（第一部分第六条，中译参照贾江鸿译本）

在笛卡尔精神和肉体完全分离的二元思想体系里，肉体的死灭不过就像时钟的发条出现故障一样，只要修好出现故障的地方，就有可能再度运作起来。笛卡尔在原理层面做出的推断，很有可能被当时的人理解为经过实验得出的结论。他们进而把笛卡尔看作能使死者复活的魔术师。少女人偶弗朗辛的传说之所以流传得这么广，听起来这么真，大概也和世人对笛卡尔形象的理解有相当的关系。而且，这位哲学家身上也的确有一个可以用来佐证这种理解的事实：他确实有一个名叫"弗朗辛"的女儿，而且这女孩在五岁时去世。

笛卡尔的一生有为数不少的谜团。他自称"戴着面具的哲学家"，遵循着"隐居越深，生活越好"的信条，前后搬过二十三次家。除此之外，他还换过几任赞助人，参过几次军，简直像是为了防止被人知道他的真实身份而故意把自己的生活搞得神神秘秘一样。大量出版著作并担任公职的笛卡尔，他的真面目即便说不上"戴着面具"，也肯定如海上的冰山，把巨大的暗部隐藏在水面之下。其中令传记作者们最为感慨的是，笛卡尔的书信中极少提到在他一岁时怀着弟弟早逝的母亲让娜·布罗夏德和私生女弗朗辛。对于早逝的母亲，笛卡尔恐怕连她的容貌都无甚印象，没留下什么记述也不难理解；但亲生女儿弗朗辛直到五岁都是在笛卡尔的身边长大的，不管怎么说也该有一些值得记述的事情。

仅有的若干关于弗朗辛的事实如下：弗朗辛为笛卡尔和家中的女佣海伦娜·扬斯所生。笛卡尔虽然没有承认弗朗辛为自己的亲生女儿，却常常陪在弗朗辛的身边，对她十分溺爱。在那个讲究门当户对的年代，即使只是陪着私生子也容易受人非议。他的一位赞助人于心不忍，主动提出收养弗朗辛。笛卡尔便以家庭教师的身份住进了这位赞助人的家里，海伦娜也以女佣的名义住了进去。这样一来，这个三口之家本应已拥有了巧妙的伪装。不过后来笛卡尔又改变主意，想把弗朗辛寄养到舅母家中。弗朗辛就是在这时不幸去世的。笛卡尔悲痛不已，为此悔恨一生。

那么，死去的少女弗朗辛和少女人偶弗朗辛是不是被混为一谈，进而发展出现逸闻呢？根据笛卡尔的理论，只要修复已死少女的某些重要部位，那么至少她的肉体就能恢复正常的运转。但是，如果只是肉体恢复运转，灵魂没有跟着复原，那么她就不能被称为人类。《谈谈方法》中的动物机器论和拉·美特利[1]的《人是机器》也不是一回事。众所周知，笛卡尔做过以下的论述：

　　……如果有那么一些机器，其部件的外形跟猴子或某种无理性的动物一模一样，我们是根本无法知

---

1. 拉·美特利（La Mettrie，1709—1751）法国启蒙思想家、哲学家，机械唯物主义的代表人物。

道它们的本性与这些动物有什么不同的；可是如果有一些机器跟我们的身体一模一样，并且尽可能不走样地模仿着我们的动作，我们还是有两条非常可靠的标准，可以用来判明它们并不因此就是真正的人。

（中译参照王太庆译本）

这两种方法就是"语言"和"理性"，反过来说，如果把语言和理性赋予机械人偶，那么它们就可以成为人类。我们无暇考察笛卡尔的理论和卡巴拉主义者通过语言使哥连复活的仪式之间的关系，但也不能断言两者之间没有关联。笛卡尔也有可能加入过根据卡巴拉的预言建立、企图改造全世界的玫瑰十字团。话题先在此搁置，这里我想根据另一个理由提出一个假设：笛卡尔即便没有造出过机械人偶（而且是一个女性人偶！），也曾经有过制造机械人偶的设想。虽然这种设想看上去似乎和把一位实际存在的、活生生的女性改造成永动机（perpetuum mobile）没有什么不同，但我还是决定试着描绘一下一生谜团遍布的笛卡尔渴望造出的那个如未来夏娃一般、不死的理想女性。

不过，我们的讨论首先还需要绕一绕远路。笛卡尔的人生中还有让我颇为在意的一章，而这一章总让人感觉和那个神秘的少女人偶有些关联。它发生在1619年11月10日，地点是德国南部城市乌尔姆的一个放置着火炉的房间。当天，笛卡尔提出利用数学来解释一切存在的构想("令人惊奇的学问的基础"),夸张点说,这构想无论好坏都代表着现代机器文明的出发点。在这个纪念日(雅克·马里旦称之为"理性主义的圣灵降临日")里,他做了三个不可思议的梦。这里根据《笛卡尔传》作者巴耶的记述,对这三个梦大致做一番解析。

发现"令人惊奇的学问"那夜,笛卡尔刚睡着不久就似乎在梦境中目睹了幻象,这让他不寒而栗。他走在路上,却因为那幻象的巨大威力而不断被推向自己的左侧,"身体右侧感到极其无力,甚至无法保持站立"。他鼓起勇气再度前进时,周围刮起了强风,把他吹得以左脚为轴连转了三四圈,更令他举步维艰。他每走一步都好像要跌倒似的。这时,他看到前方出现了一座神学学校,便希望设法走入这所神学学校的教堂,祈祷自己渡过眼前的难关。刚好有一位认识笛卡尔的人经过,向他打招呼,笛卡尔正想转过身回礼,狂风却突然朝着教堂的方向吹,令他难以回身。此刻,神学学校的庭院里有一个男人指名道姓地招呼笛卡尔过去,对他说"如果你去见某某人的话,他应该会给你什么东西",这样东西在笛卡尔的感觉里大概是一种从外国运回来的瓜果。这时风力已经大幅减弱,但笛卡尔还是觉得走起路来相当困难。可令人惊讶的是,刚才招呼他的男人,和围在男人身边兴致勃勃地讨论着什么的一大群男人都直挺挺地站着,<u>丝毫没有费力的感觉</u>。

第一个梦到此结束。与此同时,笛卡尔醒了过来,感觉自己身上的某处正隐隐作痛。他认为这肯定是恶灵在作祟,于是向神明祈祷,并把睡姿由左侧卧改为右侧卧。第二个梦随即造访,这个梦十分简短:笛卡尔似乎听到了激烈的响声,愕然惊醒,发现那是打雷的声音。

第二个梦和第三个梦之间插入了一段分不清是梦还是现实的奇妙体验。巴耶是这样记述的:

> 他睁开眼睛,看到房间里有密集的火光。他此前也偶尔有过这样的体验,再加上他的视力只够让他在半夜醒来时察觉到近在眼前的东西,所以这对他来说也不是什么特别稀奇的事。不过这次,为了给哲学上的解释找到依据,他不断重复睁眼闭眼的动作,观察眼前事物的状态,并最终得出了有益的结论。他于是不再感到恐惧,安心地再一次沉入梦乡。

然后他做了第三个梦。他看到桌子上有一本不知是谁放下的书,拿起翻看,发现是一本辞典。这正是他用得上的东西,翻着翻着就看入了迷。这时,他发现手边又多出一册之前从没见过的书,似乎是一本诗选,书名是"诗人大成"。他翻开一页开始读,映入眼帘的诗句是:"Quod vitae sectabor iter?(我该选择哪一条人生之路?)"这时他留意到身边站着一位不认识的男人,男人递给他一首以

"Est et Non"（是与非）开头的诗，并称赞它是一首杰作。笛卡尔认出那是奥索尼乌斯[1]的牧歌中的一节，认为自己手中的那本诗选应该收录了这首诗，向男人说明情况后，他便翻找起来。男人问他是从哪里得到这本诗集的，他回答说他也不知道诗集是怎么到了自己手上的。但是，这时他一直拿在手里的另一本书却突然消失不见，不知道是不是有谁把它拿走了。就在笛卡尔回答男人从哪里得到诗集的问题时，这另一本书又鬼使神差地出现在桌子的另一头，不过看上去似乎和它消失前的样子不太一样。笛卡尔在这期间还一直在找奥索尼乌斯那首以"Est et Non"开头的诗，但是怎么找都找不到。于是他对男人说，我知道奥索尼乌斯一首写得更好的诗，是以"Quod vitae sectabor iter?"开头的。男人问笛卡尔能不能把那首诗找给他看看。笛卡尔于是又翻开书，却发现书里的每一页都密密麻麻地印着人物肖像的铜版画。笛卡尔一边解释说这本书虽然相当精致，却不是自己熟识的那个版本，一边试着找出到底是哪里出了问题。不知不觉间，书和男人都不见了踪影，他也就此醒了过来。

虽然三个梦到这里就结束了，但随后的一段时间里，笛卡尔仍处在分不清梦境和现实的恍惚状态，他在这种状态下试着解读这些梦的含义。根据巴耶的说法，笛卡尔把

---

1. 马格努斯·奥索尼乌斯（Decimius Magnus Ausonius，310—395），古罗马诗人。

辞典理解为"与科学有关的一切",把诗集理解为"哲学与理性的内在联系"。"这是因为,"巴耶写道,"他认为,比起哲学家们的著作,诗人以及那些只为排遣无聊的人写出的作品更显认真,更有判断力,更能从中发现优越的思想。在魂不附体的状态下,人的神性和想象力被激发,生出让人惊异的能量。它们播撒智慧的种子(存在于人类精神里的如同火花之于燧石一般的存在),促其开花结果的能力远胜于哲学家们以理性写就的作品。"

白昼的笛卡尔高举"一切真理都能通过科学探究获得"的大旗,是万众瞩目的理性主义旗手。一入夜,他就摇身一变成为尊崇诗歌和想象力的狂热浪漫主义者,成为在梦中听取神谕的十足的非理性主义者。世人对这三个梦的象征意义兴致勃勃,比如,乔治·普莱在《笛卡尔的梦》(收入《人类时间研究》一书)中论及笛卡尔的梦,而弗洛伊德却不知何故对笛卡尔的梦兴味索然(这也是分析弗洛伊德及其学说的又一个入口吧)。我们无法细致地分析每一个梦的细节,只能先关注其中最为显著的一项特征:消失和出现、左侧和右侧、狂风大作的路旁和用于藏身的家宅、辞典和诗集、理性的语言和诗的语言,皆是遵循二元论的对立关系。而且对立两方的力量并不是均衡的,而是一方渐强,另一方渐弱以至消失不见。物质和精神被白昼的笛卡尔清楚地分开,所见即是所得,各司其职,有条不紊。与此相对,入夜后的笛卡尔像是在迷宫里玩捉迷藏似的，周围的物件时而出现时而消失，时而可见时而不可见，处于恒常的对立状态，陷在没有尽头的纠纷之中。对于"笛卡尔主义者"们来说，甚至对于笛卡尔本人来说，理性主义二元论那有条不紊的面具背后都涌动着可怖而又令人不安的漩涡。

说起来，笛卡尔和女性的关系也呈现奇妙的分裂状态。他长期的性伴侣应该只有海伦娜一人，然而，又有大量女性和他保持柏拉图式的关系。艾吉永公爵夫人、安娜-玛丽·德·斯许尔曼、伊丽莎白公主、克里斯蒂娜女王——她们都是只和笛卡尔讨论几何学和形而上学、没有任何肉体接触的"冰冷的女神"。一方面，海伦娜和弗朗辛盲目地用身体将笛卡尔包裹起来，笛卡尔的奶妈还操心自己死后笛卡尔的生活保障——他拥有一个被这些蒙昧的女性保护起来的"家庭"。另一方面，他又拥有一个公开世界，由以男性气概的理论甲胄立身的知性女性组成。如果在前者这样温暖的阴暗处安眠，他的不安就不会滋生，那笛卡尔就做不成笛卡尔。但是或早或晚，他都将被如机械人偶一般能说会道的智慧女神们吸引。这是因为，温暖的阴暗处有着无法弥补的先天不足。这个不足来自本来应该最受他爱戴和信赖的母亲的早逝（对于一岁的婴孩来说，母亲几乎等于成长环境的全部），以及似乎在重演这个残酷经历的弗朗辛的早夭。换言之，母亲的早逝让他失去了过去（家庭、故乡），弗朗辛的早夭让他失去了未来。他被强制推向由冷酷无情的现在支配着的荒原，推向无处藏身的公开世界。

这个残酷经历的影响并不局限于当时，笛卡尔对母亲的渴求化为体质特征。在拉弗莱什的学院学习的时候，笛卡尔被耶稣会的教师们准许赖床到早上十一点。逃避和外界的接触，长时间迷迷糊糊，半梦半醒，这是身体下达的指示。笛卡尔总认为自己的病（胸穿症）来自母亲的遗传，但卡尔·施特恩（Karl Stern）在《逃避女性》（*The Flight from Women*）一书中论及笛卡尔的精神病理时认为，从现代医学的观点来看，他的病与其说是染色体的影响，不如说是因为母亲的死而"沉湎于悲伤的身体"因过早断奶所产生的后遗症。还不太认得母亲容貌的时候，笛卡尔就被迫离开母亲的怀抱，失去了安眠的场所，长大成人后的他用长时间的睡眠、点着火炉的房间和人迹罕至的隐居地来再现幼时的体验。但因为原初的体验本来就比较浅薄，所以也缺乏判断幼时体验是否得到满足的衡量基准。这也不是，那也不是，笛卡尔始终在这种状态中辗转。在《指导心灵的规则》中把生命比喻成精密时钟的哲学家，实际上和被柯尼斯堡市民们当作"行走的时钟"的康德截然相反，过着杂乱无章、毫无规则的生活。"方法论的发现者周围，涌动着不安定的、冒险的空气。"（卡尔·施特恩）

哲学和生活的分裂反过来影响了他乐观的二元论的形

成。这里，母亲（mater）和物质（materia）词源上的相关性成了判断两者是亲密还是分裂的重要参考。笛卡尔批判前人以泛灵论、生命论为代表的自然哲学，这种哲学的确以一根脐带把 mater 和 materia 联系在一起，且同时拥有被作为客体的母亲以慈爱的目光注视的体验。这种原初的体验具有诗性，又与冥想相似。

> 诗和冥想都包含神秘的因素，都是植根于一切的存在。换言之，诗和冥想的隐秘之处和恐怖之处也能让某个具体的人感到亲密。这不是受科学打压的泛灵论能解释得通的，似乎也不能归类为感伤主义。与此相反，当一种笛卡尔式的理念被完美地呈现，自然这一整体被以数学的形式表现出来时，我们将会带着一种异化的恐怖感情，一种终将成为分裂症患者的孩子看到母亲时产生的极度脱离现实的感情，眺望这个世界。
>
> ——卡尔·施特恩《逃避女性》

紧接笛卡尔主义之后发展的机械文明逐渐凋敝，作为对此的诊断，上面这席话是有道理的。但如果把这作为对笛卡尔本人的批判，则未免有些苛刻。人为了看清眼前的对象，不得不和这个对象保持一定的距离。然而如果把母亲和物质视为等同，就等于埋没其中，分不清其中的界限。对象既为对象（Gegenstand），是以"与之相对"（Gegen-stand）为前提的。挣脱母亲的怀抱，本来就只不过是再度发现母亲的一种迂回方法。雅斯贝尔斯[1]指责笛卡尔和尼采把"假说"绝对化，把方法当成目的。不过准确地说，把假说绝对化的主语应该替换成"笛卡尔主义者"才对。

笛卡尔并不是出于自己的愿望离开保护者的怀抱的，而是母亲弃他而去。幼儿时期形成的对于母性和通过类比的方式认识身边事物的亲密感，从一开始就与他无缘。这正是他对记忆和感觉感到不信任、不协调的起源。大概笛卡尔从出生开始，就从来没有自发地有过与存在融为一体的体验，所以，他才希望用数学、理论的方法重构从他出生到母亲去世的那处于盲目状态的一年间——虽然这时间短得与没有无异，但毕竟不是完全没有——被隐藏的记忆，重新找回这几乎等同于无的极其渺然的生命痕迹。正如犯罪者不可避免地在密室里留下些许血迹，而侦探却用反其道而行的思路去追踪这些蛛丝马迹一样。实际上，笛卡尔所说的"方法"不正是这个意思吗？通过方法去尝试发现的东西，不可能是方法本身，这是不言自明的。伊丽莎白公主曾就笛卡尔二元论中本质的矛盾发出过疑问：灵魂无非是意志和感觉，肉体无非是物质，那么前者到底

---

1. 卡尔·雅斯贝尔斯（Karl Jaspers, 1883—1969），德国哲学家、精神病学家，基督教存在主义的代表。

要如何对后者施加影响呢？如果前者真的对后者施加了影响，那么灵魂不就必须处在物质的延长线上了吗？笛卡尔立即做出回答：请别用头脑去思考这个问题，比起这个，首先——

> 要先把精神从种种悲观的想法之中，尤其是那些和学问相关、一本正经的考究中解放出来，只管沉浸到树荫的清凉、花朵的颜色和鸟儿的飞翔之中。尝试去模仿那些认为自己一点儿也没有在思考的人……
>
> ——1645年5月或6月，书简293
> 根据卡尔·施特恩的引用

笛卡尔所追求的是触手可及的直接联系，是无须任何媒介就能和自然融为一体。对于伊丽莎白公主来说，这是可能的，所以直接去做就好了。只有笛卡尔这样遭逢不幸的例外者，才不得不采取迂回的手段。他提出"普遍数学"设想，并不是为了把他自己特殊的孤儿属性（儿时被抛弃）普遍化，而是为了找出一条重新与普遍的大多数合流的道路。Quod vitae sectabor iter?——但他却始终找不到其中的关键。为什么呢？因为如果不断优化为达到目的而使用的"方法"，目的就会在方法王国的光芒下显得黯淡，渐行渐远。

啊，美妙的距离，

渐渐远去的风景……

——吉田一穗

不过，这位孤高诗人诗篇里惊人的变调（"在心伤的彼岸、向着母亲 / 在夜半敲下的极轻音"），那照亮不毛沙漠的圣光，那期待中的惊异之事，并没有找上这位17世纪的哲人。

幼年时被无情剥夺的母爱，到了晚年又从北方的地平线上升起，以"反母性"的残酷女王形象出现在他的面前。这个形象正是瑞典的克里斯蒂娜女王[1]。克里斯蒂娜女王从小被父亲古斯塔夫·阿道夫二世要求穿着男子服饰，被当成男子抚养长大，在智力和性格方面都展现出一种超越男性的气质。把笛卡尔介绍给克里斯蒂娜女王的法国大使沙尼曾经在和她赛马时从马背上跌落，这件事在当时广为流传。从一开始，克里斯蒂娜女王就对笛卡尔展现出强硬的态度。派军舰去接有意留在荷兰的笛卡尔的也是她。笛卡尔到了瑞典之后，她更是毫不留情。她每天清晨五点就叫醒这位嗜睡的哲学家，要他为自己授课；又为提早断奶、对餐食提不起兴致的笛卡尔连夜设宴，强行为不爱吃肉的他准备了六种肉菜。睡眠和食物疗法这两道最后的人

---

[1]. 克里斯蒂娜女王（Drottning Kristina，1626—1689），1632—1654年间的瑞典女王，被认为是17世纪最博学多闻的女性之一。

造保护膜遭到破坏，笛卡尔犹如把裸体暴露在北国孤独的寒气之中，日日不得安宁。反母性的克里斯蒂娜女王把母亲身上的三要素——温暖、食物、安眠——全部翻转至使人心惊的反面，这三个反面叠加的结果，是她最终将笛卡尔置于死地。

在与母亲疏远时缺乏诗性的调剂，会让孩子的男性化变得毫无节制，当这种男性化到达极限时，孩子就会遭到来自母亲的惨痛报复。卡尔·斯特恩认为理性主义即是一种男性化的思想，他这样写道：

> 孩子似的要素从这种视角中完全被抹去，代表母性的智慧（索菲亚）被压抑，自豪的理性要求全权接管整个身体。歌德是最早从这种情况中察觉出狂乱和破坏性要素的人。有道是，罔顾历史、失却根系、只以自己为尊的近代人不过是一群难民，一群无家可归的流浪者。

笛卡尔也从那三个梦中预知了这些情况，但他直到最后也没找到那句表现"哲学与理性的内在联系"的诗。"令人惊奇的学问的基础"的发现之日倒是和预见其崩溃之夜联系到了一起。

笛卡尔的梦想是在代表母性的索菲亚（灵知）远去后，用纯粹的女性这一模像来填补索菲亚离去的空白。但是，这个纯粹的女性不具备全能的智慧，只是脱离感官的智力（intellect）的产物。她被造得愈精密，也就离索菲亚愈远。外形被塑造得愈完美，内核上与索菲亚的联系就愈稀薄。这样一来，她渐渐变成只会发出骇人噪声、四处走动的机械人偶。少女人偶弗朗辛和她悲惨的结局，即代表了无限向代表母性的索菲亚靠近，又无限被推远的纯粹女性的不幸命运。

和贵妇人们聊着形而上学和几何学的笛卡尔，大概想用这种理想的教育法提取她们身上内在的纯粹女性。不过，笛卡尔欣羡能用爱的语言把纯粹女性改造成索菲亚的诗人和那些大智若愚、终日消遣解闷的人。他大概比谁都要清楚，哲人的语言无法把纯粹女性往永动的索菲亚式自动人偶的方向推动半步。理性这样告诫他，夜晚的梦也给出同样的结论。纯粹女性由几何学和形而上学这样精密的装置驱动，一旦完成，就积蓄了骇人的破坏力。破坏将从纯粹女性卸下伪装，展示人造美女、蛇蝎美人（femme fatale）、无情美女、反母性的素颜时开始。笛卡尔在和克里斯蒂娜女王的关系中直面了这个惊人的事实。从那以后的几个世纪里，塑造美女人偶奥林匹亚形象的 E. T. A. 霍夫曼、《贝勒尼基》的作者爱伦·坡、《未来夏娃》的作者维利耶·德·利尔-阿达姆、《洛丽塔》的作者纳博科夫这些黑暗浪漫派，无不引用了笛卡尔对那三个梦的记述的某些段落。

自动人偶的实物也以笛卡尔为界展现出截然不同的样貌。在笛卡尔之前，最大的自动人偶收藏馆位于布拉格，是崇尚风格主义的皇帝鲁道夫二世的宫殿。奥格斯堡和纽伦堡的钟表匠人、人偶师、金匠、银匠为皇帝献上的自动人偶不仅尽显机械的精巧，而且样貌都带着受索菲亚护佑的"孩子似的要素"。奥格斯堡的匠人以汉斯·施洛特海姆为代表，还包括萨穆埃尔·比德曼、阿喀琉斯·兰根布赫尔、马蒂亚斯·瓦尔鲍姆、海因里希·艾希拉、克里斯托弗·特雷弗勒；纽伦堡则有汉斯·布鲁曼、加斯帕尔·维尔纳、汉斯·弗莱和豪邱父子；乌尔姆的工匠代表则是克里斯托弗·布莱克。他们各自制作了依靠钟摆摆动敲鼓的人偶、表现狄安娜[1]骑在半人马身上的自动钟表（半人马转动眼球，射出箭矢；狄安娜和同行的猎犬摇头晃脑）、骑在到处爬行的乌龟龟背上的尼普顿等取材于神话或民间传说的自动机械。丢勒[2]的养父汉斯·弗莱也制作了依靠水力装置运动的铜制人偶。这尊人偶模仿古代阿拉伯的自动人偶，内部的机关让它能吞下水或葡萄酒，最后又出其不意地把吞下的东西全部吐出来。德意志南部地区从 16 世纪末到 17 世纪初刮起一股自动人

---

1. 狄安娜（Diana），罗马神话中的月亮女神和狩猎女神，众神之王朱庇特和暗夜女神拉托娜的女儿，太阳神阿波罗的孪生妹妹。她对应希腊神话的阿尔忒弥斯。
2. 阿尔布雷希特·丢勒（Albrecht Dürer，1471—1528），德国中世纪末期、文艺复兴时期著名的油画家、版画家、雕塑家及艺术理论家。

偶的热潮，当时从法兰克福移居乌尔姆的笛卡尔不可能对此一无所知。《探求真理的指导原则》的第十三个原则中对坦塔洛斯水力自动装置的回顾大概就是这一时期的见闻：

> 还有，要是有人问怎样制造一种瓶子，就是我们有时见过的那种，里面立一根柱子，柱顶是坦塔洛斯嘴里的姿态，把水注入瓶中，只要水没升到进入坦塔洛斯嘴里的高度，瓶中的水就完全盛得住，但是，水只要一涨到这不幸的人唇边，就忽然一下子跑光了。
>
> （中译参照管震湖译本）

汉斯·弗莱制造的水力人偶痛饮水和葡萄酒，又将其全部吐出，让人想起中世纪狂欢节上设宴飨客的场景。而笛卡尔却把它描绘成永世苦于饥渴的坦塔洛斯的形象，这其中必定带有象征的意味。

那么，笛卡尔之后的人偶形象发生了怎样的变化呢？笛卡尔主义者拉·美特利举了雅克·德·沃康松（1709—1782）制作的"吹笛男"和马亚尔制作的"人造天鹅"（1733年）的例子。德热纳将军那只会啄食谷粒的孔雀虽说是17世纪后期的作品，但它和阿塔纳斯·珂雪与卡斯帕·肖特合作制作的自动管风琴（约1650年）一样，大概还没有受到笛卡尔主义的污染。但是，18世纪后期的预言人偶托里克（日语音译，收藏于慕尼黑市立博物馆）、雅克·德罗父子发明的"书记"、肯佩伦男爵发明的"行棋傀儡"虽然都还带着魔术时代的影子，但已经不似完全沉湎于游戏的"孩童"，而多少有些实用机器的先导或副产物的意味。除了游戏之外没有其他目的，或者也可以说本来就不带有任何目的的自动人偶，就宛如在无性的乐园里愉快玩耍的索菲亚之子。原理上，它随着笛卡尔哲学的登场而退出舞台。在这之后的人偶则渐渐"成长"为怀着神经症式性苦闷的男女的机器，真是应了于思曼的那句"我们的机器是用钢铁制成的罗密欧和用钢铁制成的朱丽叶"。

原始人的再生

歌德所著《浮士德》的第二部中，最让我感兴趣的部分无疑是何蒙库鲁兹大显身手的第二幕。这一幕不仅描绘了浮士德的助手瓦格纳制造瓶中精灵何蒙库鲁兹的"实验室"，而且还安排了浮士德和魔鬼梅菲斯特两人与何蒙库鲁兹一道返回古代的"沃普尔吉斯之夜[1]"的情节。内涵丰富，引人入胜，令读者欲罢不能。即便放诸《浮士德》全书，这一部分的旨趣也自成一格，仿佛来自另一个世界。刚一踏入瓦格纳那间进行着何蒙库鲁兹制造实验的实验室，舞台就一下子缩小成一个聚集着各种矮小、骇人生物的乱哄哄的微缩世界。如果用时间的显微镜去观察一番古代世界，看到的大概也就是这般风景吧。

从法尔萨拉的旷野到皮尼奥斯河流域，再到被岩石包围的埃勾斯海（即爱琴海）的入海口。在海洋不断退后的

---

1. 沃普尔吉斯之夜（Sankt Walpurgisnacht），广泛流行于欧洲中部和北部的一个传统春季庆祝活动，也是纪念圣徒沃尔普加的一个基督教节日，于每年的 4 月 30 日晚至 5 月 1 日举办。庆祝活动的内容通常是篝火晚会以及舞蹈演出。

背景下，大量微型物种依次出现：在世界最南端和鹤作战的侏儒们、矮小的神明众卡比洛斯[1]、成群结队的蚂蚁、默米东人[2]、忒尔喀涅……像是为了串联起这些轮番登场的角色，又或许是因为代表了微缩的人和神的"原理"，只完成了一半的何蒙库鲁兹就这样继续寄生于玻璃瓶中，略有迟疑地踏出了寻找自己归属的第一步。

然而，要理解《浮士德》第二部里的何蒙库鲁兹有何意味，或至少弄明白诗人想要借这个形象表达什么，却不是一件容易的事。事实上，关于歌德塑造何蒙库鲁兹这一形象的意图存在着两种说法，而这两种说法可谓大相径庭。一种说法是，何蒙库鲁兹的构想是对同一时代"欠缺精神的博学"（大概是指奥古斯特·威廉·施莱格尔[3]）的讽刺（《歌德谈话录》，1830年3月21日）。另一种说法则认为何蒙库鲁兹体现了亚里士多德所说的"由实质和形象结合而成的现实"，即隐德来希（entelecheia）。后者的一个例证是爱克曼1830年1月6日的日记："歌德称赞了我的诗。我们聊到了何蒙库鲁兹、隐德来希与不死的属性。"

---

1. 众卡比洛斯（Cabeiri），一组具有男性与女性等多种神秘意义的崇拜对象，其影响遍及整个古希腊世界。
2. 默米东人（Myrmidon），出现在希腊神话中的一个民族，"默米东"一词来源于希腊语的"蚂蚁"（myrmex）。在特洛伊战争中，默米东人在阿喀琉斯的率领下作战。
3. 奥古斯特·威廉·施莱格尔（August Wilhelm Schlegel，1767—1845），德国诗人、翻译家及批评家，德国浪漫主义最杰出的领导者之一。

注释学者们的见解也同样分成截然不同的两派。从头到脚被玻璃瓶包裹、持续不断地向外发光、从瓦格纳的实验室徘徊走向古代希腊——这个微缩的未完成之人究竟是集聚仅具躯壳的知识的失败之作,还是"生存且不断发展"的隐德来希的象征?另外,虽然在瓦格纳的实验室里借助火的力量生成的何蒙库鲁兹是火成论的天赐之子,但在第二幕的尾声,它在涅柔斯[1]的引导下愉快地投入水中,又似乎成了水成论的支持者。"古代的沃普尔吉斯之夜"一幕从侏儒与鹤、蚂蚁和巨人、阿那克萨哥拉和泰勒斯这样的火成论者和水成论者之间激烈的斗争开始,温和地让胜利的天平向后者倾斜。也可以说,这是人造物和自然物的一次对抗。歌德同时代的美学学者、写过戏仿《浮士德》之作的费舍尔很早就略带讽刺地归纳了两者间的对应关系。

> 何蒙库鲁兹既是集众多知识于一身,却无法将其转化为精神之力的欠缺精神的博学者,又是在深思熟虑之后,用自觉的力量和丰富的预感追寻理想之美的努力者。所以它成为超越自己的博学者,成为在通往美之国度的征程上为人类照耀前路的光明,成为追求美的爱。

---

1. 涅柔斯(Νηρεύς),希腊神话中的海神之一,蓬托斯(大海)和盖娅(大地)的儿子。

> ……它的一面是枯燥乏味的博学，另一面却是追求理想之美的爱。同时，它又隐晦地表达了对火成论意味深长的嫌恶。

火成论的处境已经相当不妙，这是一目了然的。不过目前何蒙库鲁兹并没有偏向任何一方，保持着中立。

> 阿那克萨哥拉：这种岩石是由火气形成。
> 泰勒斯：有生命的万物都是湿生。
> 何蒙库鲁兹：（在二人之间。）请允许我追随你们，我也极想能够生成。
>
> （中译参照钱春绮译本，后文中的《浮士德》引用段落也参照该译本）

正如泰勒斯所言，生物一般都是湿生的，但何蒙库鲁兹却是以瓦格纳实验室里的火为媒介诞生的。它还没有完成"生成"，因为它欠缺了生物必需的水成的出身。它的未完成状态也是由与水之间亲和性不足造成的。它虽诞生于瓦格纳实验室里那普罗米修斯式的"火"，但也停留在这叛逆的大火之中，因此永远无法达到完成的状态。姑且不论及最终的完成（即隐德来希），总是以"过程""中间"的姿态出现的何蒙库鲁兹无疑是火成论的天赐之子。于是，这里出现了一条（《怪物的制造法》里稍稍提及的）从普罗米修斯、赫淮斯托斯、代达罗斯开始，串联起中世纪的炼金术师和文艺复兴时期的魔法师（帕拉塞尔苏斯），甚至延伸至浪漫派诗人的火成论者的阿里阿德涅红线。

歌德的何蒙库鲁兹形象里包含了对同时代热衷炫学的浪漫派诗人奥古斯特·威廉·施莱格尔的嘲弄。他进行讽刺的直接动机是施莱格尔于1802年发表的拟古典主义的五幕剧《伊翁》。《伊翁》改编自欧里庇得斯的同名巨作，完全挪用了原版《伊翁》的素材。不过，如果结合作者在发表作品的那年发起的"为了优美世界的报纸"的大型运动，就会先入为主地给人一种这一版的《伊翁》在艺术造诣方面远胜于欧里庇得斯原版的印象。翌年和弗里德里希·谢林成婚的卡洛琳·谢林这时还是施莱格尔的妻子，她也数次表示施莱格尔的《伊翁》不仅和欧里庇得斯的原作毫无瓜葛，而且是远胜于原作的杰作。也就是说，从首演的时候起，施莱格尔的《伊翁》就是一部伪装成博学之作，实则内容空洞而又夜郎自大的作品。

施莱格尔所著《伊翁》的情节大致如下：爱奥尼亚人的神秘祖先伊翁是一个来历不明的弃儿，他在德尔菲的阿波罗神庙长大成人。随着情节的推进，伊翁的身世也逐渐明晰。原来他是雅典国王厄瑞克透斯的女儿克瑞乌萨所生。厄瑞克透斯（Erechtheus）则是"生于大地"的厄里克托尼俄斯[1]（Erichthonios）的儿子。在剧作的尾声，欧里庇得斯让雅典娜（施莱格尔则让阿波罗）揭晓被隐蔽的真相，预言伊翁将在未来成为雅典的新王，赐福爱奥尼亚人代代繁盛。

《伊翁》里被歌德用作讽刺浪漫派傲慢的材料是关于厄里克托尼俄斯的部分。《浮士德》第二部《法尔萨拉的旷野》开头出场的骇人魔女厄里克托（Erichtho），即是厄里克托尼俄斯的女性形态。那么，这个语源学小把戏的对象——厄里克托尼俄斯——到底是一个什么样的神呢？歌德在描绘古代世界时参考了本雅明·海德里希的《基础神话词典》（如今这本词典的参考价值已经不高）中关于兀儿肯[2]的部分。兀儿肯（Volcānus）这个名字是火成论（Volcanism）的词源，对应希腊神话中的锻造之神赫淮斯托斯。海德里希写道，兀儿肯意欲强奸密涅瓦（对应希腊神话里的雅典娜）时，精子掉落到大地上，从那里生出了儿子厄里克托尼俄斯。但是，这个没有母亲的孩子无法凭自己的力量站立。这里，兀儿肯明显是艺术的（也即人造的）象征，而密涅瓦则是自然的象征。

故事继续。"兀儿肯屡次想要强奸密涅瓦，但却极少得逞。在连番苦战并饱尝酸辛后，厄里克托尼俄斯这样形

---

[1] 厄里克托尼俄斯（Ἐριχθόνιος），雅典早期的传奇统治者，据说他从土中出生，由雅典娜抚养长大。
[2] 兀儿肯，罗马神话中的火神，维纳斯的丈夫，跛足之人，对应希腊神话中的赫淮斯托斯。

容寒碜、凄惨可怜的怪形恐怕是由天上世界（外部）和地下世界（内部）的力量结合生出。但是随后，这怪形却被当作一种奇妙的东西，像突然被请上凯旋游行时的车辆一样，大大地显摆了一番。追根溯源，在这怪形的形成历程中起作用的主要是化学和机械的力量。"

可以简要地概括为：火与技术之神赫淮斯托斯（兀儿肯）因为无法和自然结合而独自产下了——或者不如说是造出了——和父亲同样跛足的缺陷儿厄里克托尼俄斯。厄里克托尼俄斯通过儿子厄瑞克透斯又和不识母亲克瑞乌萨的弃儿伊翁联系在一起。伊翁的心理阴影源自他小时候和母亲的生离，他的故事主线就是一个"寻找母亲"的历程。这样一个"绝对孤儿"的谱系经由凝聚着帕拉塞尔苏斯反胎生思想的何蒙库鲁兹，和在化学、炼金术方面造诣颇深的歌德的何蒙库鲁兹一脉相连，这是再明显不过的。但这里出现了另一个问题，正如专为歌德笔下的何蒙库鲁兹写下两册细致的专门研究书的奥图·霍夫勒所言，歌德是单纯为了讽刺而设计了何蒙库鲁兹的形象，还是另有所指？的确，歌德塑造何蒙库鲁兹这个形象的初衷是为了批判"读者尽管知道它们有所指，却没谁清楚到底何所指"的某人，也即施莱格尔（《歌德谈话录》，1830年3月21日），结果却超出了这个意图本身。这种超越表现在，何蒙库鲁兹从对炫学的浪漫派诗人的单纯讽刺转变为表现男性本质的象征。

《爱琴海的祝祭》的作者卡尔·凯里尼从《浮士德》第二部里俾格米人[1]、众卡比洛斯（卡比洛斯的复数形式）、忒尔喀涅和何蒙库鲁兹的流变中发现希腊式、神话式原始人的一贯特性。凯里尼首先论述了众卡比洛斯与俾格米人、忒尔喀涅之间的关系。众卡比洛斯到底是何许人也？歌德借塞壬[2]的歌声这样唱道：

> 那些奇特的怪神，
> 不断地自我产生，
> 从不知自己的底细。

这些神"不断地自我产生"，即说明他们是单性生殖的种族。而且根据塞壬的说法，他们身形矮小，总是成群结队出现："形体虽小 / 法力不小 / 覆舟的救星 / 太古崇敬的神灵。"歌德的这些记述后来一个个地被凯里尼验证。"卡比洛斯，"凯里尼写道，"和许多原神一样，在古典时期的古代就已经是拥有救济力量的神明了。他们在原始人类生成时参与原始元素的制定，如今则向航海时遭劫难的人伸出援手。他们和许多原初的存在一样，同时具备侏儒的相和巨人的相。"

---

1. 俾格米人（Pygmies），源于希腊语，原本是古希腊的长度量度单位，后用来泛指所有全族成年男子平均高度都少于 150 厘米或 155 厘米的种族。
2. 塞壬（Siren），希腊神话中人首鸟身（或鸟首人身、或跟人鱼类似）的女怪物，经常飞降在海中礁石或船舶之上，又被称为海妖或美人鸟。

卡比洛斯这一既是侏儒又是巨人的神，与俾格米人的关系表现在侏儒这一个相上。忒拜附近的卡比洛斯神殿里曾经出土过描画着俾格米人形象的壶绘。这些所谓"神秘画家"们绘制的壶绘上表现了俾格米人战斗时的场面。而既不知道这些壶绘也不知道众卡比洛斯的秘密仪式的歌德，竟然写下了俾格米人在火山上和鹤战斗的场面，这种对神话内容的准确把握以及精通的能力让凯里尼啧啧称奇。俾格米人向来是火成论的代表，擅长锻造、冶炼和战斗。俾格米人的长老说过："趁平和时光／建立铁工厂／为军队赶制／甲胄和兵器。"与他们结盟的蚂蚁也擅长从土地中发掘金属。

忒尔喀涅也是出色的炼金术士。根据我手边的这本《神话学辞典》（赫尔曼·延斯）里忒尔喀涅斯（即忒尔喀涅的单数形式）一项的说法，他们"从海里出生，是罗德岛上的原住民"，而且"是最古老的金属加工者，克洛诺斯的大镰刀和波塞冬的三叉戟等神话中的武器、器具都出自他们之手，此外，他们还是神像的制造者"。不过，也因为这些耀眼的发明，忒尔喀涅被看作是过度嗜好人造物，（对自然）怀有深深嫉妒的魔法师，是反人类的恶魔，遭到嫌恶，因而被阿波罗杀死。歌德也没有忽视他们傲慢的工匠性格。《浮士德》第二部里，面对唱着"我们是最初把神的威仪／造成尊贵的凡人的形体"的忒尔喀涅，"海洋老人"普罗透斯[1]揶揄道:"让他们夸口,让他们歌唱!/比起太阳的生命之圣光/死板的制作只是儿戏/他们不倦地熔化、造型/等到铸成青铜的模型/他们就以为很了不起/这些傲慢者结果怎样?"

那么,忒尔喀涅和作为原神的众卡比洛斯之间的共同点到底是什么呢?凯里尼提醒我们注意两者共通的"锻造侏儒"的本质。

> 不管诗人(歌德)是不是有意识地把两者并列,在神话学的谱系里,忒尔喀涅的确是众卡比洛斯的一个变种。忒尔喀涅本质上是锻造侏儒,是海洋和岛屿的住民,因此他们也就是锻造之神赫淮斯托斯的后裔。在传承的谱系里和被称作"赫淮斯托斯之徒"的众卡比洛斯联系在一起。

忒尔喀涅和众卡比洛斯都不愿囿于自然与元素的规则,渴望像代达罗斯一样挣脱自然的枷锁。这种超越自然的意志在表现他们男性性向的祭祀活动中体现得最为突出。加之忒尔喀涅的故土罗德岛也是太阳神赫利俄斯的岛屿,我们也就不会对他们极端男性化、太阳-勃起男根的本质感到惊讶了。善也好,恶也罢,祭祀和文化创造这样

---

[1] 普罗透斯(Πρωτεύς),希腊神话中的早期海神,荷马所称的"海洋老人"之一。

根源式的文化冲动（即浮士德式的冲动）成了他们的驱动力。凯里尼写道："作为表现男性创造之欢愉的代表，忒尔喀涅提供了另外一种追求不可能之物的浮士德式志向的可能性——艺术作品。"这句话也同样适用于众卡比洛斯和俾格米人。

前文引用的普罗透斯对忒尔喀涅直截了当的嘲讽，也可以看作是这一结论的反证。普罗透斯是海洋精灵，拥有无限变身的能力，好奇心如鱼一般旺盛。这位自然精灵对忒尔喀涅造型的欲望一笑置之，认为无论他们竖起多么雄伟的神像，也将"都在一次地震中摧毁"。这个不断变幻的巨大无为者认为"凡间的活动……总不过是白辛苦一场"。他总是以往低处流的水为依靠，讨厌待在高处。他厌恶任何形式的完成，因此不断变幻自己的形象。他这样教导何蒙库鲁兹：

> 载你这精灵同往泽国，
> 立即开展广阔的生活，
> 那是你自由活动的天地，
> 但不要急于爬往上层。

论述至此，读者已经不难看出作为中世纪炼金术用语的何蒙库鲁兹有着多么丰富的内涵了。在炼金术的语境里，他是"贤者之石"在生物学上的比喻。在神话学的领域里，是在中世纪式-炼金术式外衣之下，在"被压抑的原始神话得到解放"的时候，让以众卡比洛斯为基点向俾格米人和忒尔喀涅分化的神话上的原始人形象，与近代社会相连接的一种必要形式。何蒙库鲁兹既表现了原始人的原始神话形象的被解放，也表现了其被压抑的一面。因此，未分化的、同时具备侏儒和巨人两面的原神形象，必定要向着侏儒和巨人这两个极端分化。帕拉塞尔苏斯的《妖精之书》上就有未成年的何蒙库鲁兹在成年后纷纷变成巨人或者侏儒的描述。愈到近代，何蒙库鲁兹就愈被看作是会向两极分化的怪物。

在古代，原始人的形象则尚未分化。不仅如此，巨人和侏儒这样极大和极小的东西甚至能在一副躯体里共存。前文提到的忒拜壶绘的碎片上描绘了这样一个画面：侏儒模样的普拉托劳斯（Pratolaos，"原始人类"之意）站在巨人神卡比洛斯（众卡比洛斯的单数形式）和派斯（Pais）的跟前，朝新娘卡拉忒亚（Krateia）和走向他的爱侣米托斯（Mitos）的方向张望。米托斯这个名字是精子的意思。凯里尼由这个画面联想到歌德对众卡比洛斯的定义——"不断地自我产生，从不知自己的底细"，描绘出以下男性化的单性生殖的谱系。

> 何蒙库鲁兹是古代神话的一种理想状态。他是注定诞生的普拉托劳斯和生下普拉托劳斯的米托斯的

统一。他由自我增殖产生，是真正的众卡比洛斯式新郎。表现为各种形态的卡比洛斯、派斯、米托斯、普拉托劳斯，就和得墨忒耳[1]、珀耳塞福涅[2]等原始女神开花散叶后的自我分身一样，是自我增殖的原始神具体的、具备人类形态的自我分身。众卡比洛斯式的本质是对永生这一原始知识的男性化理解，而两位女神则是对这一知识的女性化理解。

——《爱琴海的祝祭》

所以，众卡比洛斯这一类生物并不仅仅是侏儒和巨人这两种相反属性的统一，他们同时也是父与子、老人与少年等等相反属性的统一，是像赫耳玛佛洛狄忒[3]一样同时具有阴阳两性的存在。在许多方面，众卡比洛斯让人想起炼金术的始祖赫尔墨斯。其实，凯里尼在《灵魂导师赫尔墨斯》一书中论及了两者的种种关联。例如，"绝对的男性化的东西——背离了个人的雄性——之中，同时存在着生产者和被生产者的相，而且，两者其实是同一种存在"。"如果把灵魂理解为男性，理解为永远的精子、生成

---

[1]. 得墨忒耳（Δήμητρα），希腊神话中司掌农业、谷物和母性之爱的地母神，也是奥林匹斯十二主神之一。
[2]. 珀耳塞福涅（Περσεφόνη），希腊神话中冥界的王后，主神宙斯和大地之神得墨忒耳的女儿，冥界之神哈得斯的妻子。
[3]. 赫耳玛佛洛狄忒（Ἑρμαφρόδιτος），希腊神话中的一位阴阳神，为赫尔墨斯和阿佛洛狄忒之子。赫耳玛佛洛狄忒通常以带有男性生殖器的少女形象出现。他的名字也是西方词汇"雌雄同体"（hermaphroditism）的来源。

胎儿的材料、一直不断产生的东西，那么它就将不断地被生成，同时既是父，又是子。"

所以，歌德明白，为了"造出"这般绝对男性化的何蒙库鲁兹，就必须使他溯源至原始人栖息的古代地中海地区。作为受基督教主导的中世纪压抑气氛影响而远离真正故乡的原始人后裔，何蒙库鲁兹在那里被热情的众卡比洛斯、俾格米人、忒尔喀涅和厄里克托尼俄斯亲切围绕，于是找到了和已然失却的记忆之间的连线，生命第一次得到"实现"。但是，这个明显是火成论式的实现到底是否充分呢？如冶炼金属一般冶炼自我的灵魂，仅仅如此，真的可能达到与神并肩的创造巅峰吗？这是接下来要讨论的问题。

歌德在塑造何蒙库鲁兹的形象时参考的绝不只是古代的原始人神话。他在创作《浮士德》第二部，尤其是"古代的沃普尔吉斯之夜"这一幕时，也同时进行了一番炼金术式的探究。请看《歌德谈话录》中 1829 年 12 月 6 日的记述：

> 可是我现在才把它写出来，在对世事已经通晓练达许多以后才把它写出来，却对事情有好处。我就好比一个年轻人，早年有许多的小银币和铜钱，并在往后的岁月里兑换了越来越多的钱，结果最后摆在他面前的财产已是一堆纯净的金币。

（中译参照杨武能译本）

这个炼金术式的比喻经常被引来作为何蒙库鲁兹的构想来自隐德来希这一派的依据。而反对这一派的说法（即施莱格尔讽刺说）如前所述，诗人的象征则更加具有多义性。达尔文的《物种起源》出版于1859年，而歌德已先一步在1820年的论文《观照式判断力》中参考了康德的《判断力批判》，并表示了对进化论性质的"理性的冒险"的赞扬。康德认为生物从水生动物向沼泽动物（两栖类）进化，又继续向陆生动物进化的过程是一种"理性的冒险"。奥图·霍夫勒认为，从这里可以看到歌德的变态理论以及著名的螺旋上升理念的雏形。

那么，接下来该谈一谈歌德的何蒙库鲁兹进化论式的属性了。脱离了"水代表的天真、诗性的想象力造就的女性化性格"（加斯东·巴舍拉[1]），在干燥的陆地上饱经火性的试炼后无限地男性化，进而架构起工学的反自然世界，诗人对这种意志的绝对性予以称赞。但如果仅仅如此，刺向施莱格尔的刺枪不是会反过来对准歌德自身？

从众卡比洛斯、俾格米人、忒尔喀涅一直到何蒙库鲁兹，这些原始人的形象都明显地表现出亲近机器的性格，

---

1. 加斯东·巴舍拉（Gaston Bachelard，1884—1962），法国哲学家，其最重要的著作是关于诗学及科学哲学的著作，引入了"认识论障碍"和"认识论决裂"的概念。

歌德对此了如指掌。比如《爱琴海的岩湾》这一幕里，涅瑞伊得斯[1]和特里同[2]们围绕众卡比洛斯说过一个令人感到不可思议的数字谜。涅瑞伊得斯和特里同们虽"请来了三位神灵"，可"第四位不肯光临"。但是，这第四位才是真正的神，领导着其他三人。涅瑞伊得斯和特里同们随即又搬出"本来是七位神祇"这样和前面矛盾的说法，在向奥林匹斯山进发的途中，他们又暗示说"那里或有第八尊"。众卡比洛斯的数目像这样由三而四，四而七，七而八，不断递增。

这一魔术似的数学里隐藏的数谜，一般被解释为3+1构造的四数组合。荣格在《某近代的神话》里写下"歌德也在众卡比洛斯身上采用了这个主题"的评论，并配上了四福音书的寓意画。这幅四福音书的寓意画上也呈现三头野兽和一位天使这样3+1的结构，又或者解释为圣父-圣子-圣灵的三位一体形象加上恶魔。而以第八数统领七数循环这一例，则从很早之前就有七曜日和七音符这样众所周知的循环构造。荣格还解释了以7+1共八个圆圈构造形成的诺斯底派图谱的循环体系。(《神秘的结合》)

我觉得有意思的一点是，据传制作了自动人偶的中世

---

[1]. 涅瑞伊得斯（Νηρεΐς），即海仙女，是希腊神话中的一种海洋女神，是有着蓝色头发的海之宁芙，为涅柔斯和多里斯的五十个女儿。他们一家都居住在地中海，同波塞冬做伴，并乐于平息风浪，保护古代水手。
[2]. 特里同（Τρίτων），希腊神话中的海之信使，海王波塞顿和海后安菲特里忒的儿子。他一般被表现为人鱼的形象。

纪炼金术师，几乎无一例外地都制作了包含数知学结构的装置。最有名的例子是13世纪的天启博士拉蒙·柳利[1]，他设计了一种逻辑学上的机械装置，名叫"大衍术"。这个装置由若干个同心圆状的圆盘构成，圆盘上写有遵照一定顺序排列的表示各种概念的文字。这些文字基本涵盖了各个范畴，如果把这些文字组合成问题的话，那么它们对应的同心圆盘上应该会给出合适的回答。如果遵循某种顺序的文字真的和表示某个范畴的所有文字组合画上等号，那么是否可以认为这种"让思考趋于完美的自动化语言"是发现全体智慧的一种手段呢？

顺带一提，拉蒙·柳利的"大衍术"很早就被邬斯宾斯基拿来和塔罗牌做比较。两者都用理性的语言把难以把握的概念集合转换成图像，利用象征把思考变得更加单纯，推向更高层次。因为它们本质上都是一种对概念进行分类组合的练习。而且，在这两个装置里，只要提出问题，就能得到解答。我在本书第一篇《哥连的秘密》里提到过，梅林克的研究者爱德华·弗兰克曾指出塔罗牌的象征表现和哥连制作之间的关联。这种关联的内容大体和刚才提到的装置无异。和埃及那些具有预言能力的雕像一样，这些装置是能回答任何问题的全知者。至于这个全知者是否拥有一副人类的躯壳，就自然是次要的问题了。

---

1. 拉蒙·柳利（Ramon Llull，约1235—1316），加泰罗尼亚作家、逻辑学家、方济各第三会会士和神秘主义神学家。

乔纳森·斯威夫特在《格列佛游记》的拉格多科学院一节里描写了模仿柳利装置的物件。格列佛在拉格多科学院看到的装置，其边框上用铁丝绑着许多骰子，骰子的每个面上都写满了文字。教授和学生们只要转动把手，骰子就会滚动，作出随机的文章。这样一来，"就是最无知的人，都可以不借助于任何天赋之才或学习能力，写出关于哲学、诗歌、诗学、法律、数学和神学的书来"。

言归正传，艾尔伯图斯·麦格努斯也好，罗吉尔·培根[1]也好，都既是数知学的大家，又是自动人偶的制作者。10世纪的大数学家，本名"欧里亚克的葛培特"的教宗思维二世[2]，也制作了能给出肯定或否定回应的预言人偶。他们造出的全知的数学-语言机器虽被说成是自动人偶，但真实情况可能是"装置"被通俗地赋予了人造人的形象，并由街谈巷议越传越广。反过来，经常被视为何蒙库鲁兹早期形态的罗马帝国时代的佩纳特神像和帕拉蒂姆神像，还有笛卡尔的少女人偶弗朗辛这样能被放进一只箱子随身携带的偶像守护神，也可能是某种数知学的装置。重要的不是原始人式成为"全知者"的梦想会时不时地以某

---

1. 罗吉尔·培根（Roger Bacon，1214—1294），英国方济各会修士、哲学家、炼金术士。他学识渊博，著作涉及当时所知的各门类知识。他提倡经验主义，主张通过实验获得知识。
2. 思维二世（Silvester PP. II，约950—1003），于999至1003年出任教宗。他因为在学术上的提倡而知名，比如重新引入消失在拉丁世界的希腊算盘与星盘，他本人据说也掌握了制作星盘的技术。

种具体的形态出现，而在于这些形态是否拥有一副人类的躯壳。

让我们把目光转回歌德身上。歌德赋予何蒙库鲁兹原始人机器一样的自我增殖能力（男性创造的欢愉），并戏谑地加以夸大。所以我们能在达尔文主义和黑格尔提出的国家理性，甚至是计算机系统和关于未来的预言中，看到这个人造侏儒的形象。不过，值得注意的是，离开瓦格纳的实验室之后，何蒙库兹的目的地并不是未来，反而是古代的世界。这尊淋漓尽致地体现了抽象的火成论男性能力的造物，一下从进步的顶点退化至太初的海洋世界。不，进步和退化是同时发生的。而当他身上男性的火的元素到达活力极限的一瞬间，他便与水相遇了。

> 普罗透斯：
> 在这生命的水里，
> 你的光辉煌无比，
> 发出美妙的声音。

第二幕的尾声是表现何蒙库鲁兹和水之女性性格的化身伽拉忒亚[1]"结婚"的场面。如果采用加斯东·巴舍拉的说法，"对于无意识来说，物质诸元素的组合都如同结婚"

---

1. 伽拉忒亚（Γαλατεια），希腊神话中的海中神女之一，其父为海神涅柔斯，母亲为海仙女多里斯。

（《水与梦》），乘上贝壳车的伽拉忒亚和何蒙库鲁兹的结合就代表着水与火的结合。但是，这段婚姻与火成论者俾格米人在和鹤的战斗中铩羽而归一样，胜利的一方从一开始就是吞下所有自己吐出的干燥物质的水。为了万无一失，渴望实现绝对静止的何蒙库鲁兹会最大限度地遵循不断运动、一刻也不停这一自我矛盾的法则，直至燃尽，并和他生命中不完全的、早已存在的另一半结合。作为何蒙库鲁兹的他在此死去，但他又作为"完成的"神圣原始人被"生成"。这才是"由死而生"的圣礼。

"元素结合的意象，"卡尔·凯里尼写道，"展示的并不是热烈的火焰在燃尽时的死所生出的苦恼，而是超越诸元素本身，超越动物性的交媾，能使往'上位'或'下位'物中强行掺入某物的劳神之情消失的某种东西。'由死而生'也就意味着死已是微不足道的问题，因为'生成'将要降临。"

领会"由死而生"这一圣礼的不是只有《浮士德》里的何蒙库鲁兹。拉斯柯尼科夫[1]因为那使一切变得可能的火和熊熊燃烧的自由意志而杀死老太婆，然后跪在索尼娅面前，他也以恶的形而上学的何蒙库鲁兹的身份由死而生。他从自由意志翱翔的天空之巅一下坠落到大地上，借由自由意志的死而永远地和某种女性化的元素成就圣婚。

---

[1]. 拉斯柯尼科夫，陀思妥耶夫斯基的长篇小说《罪与罚》的主人公。

仿造物何蒙库鲁兹的死不会流血，但如果有肉身，就无法避免这种惨痛悲剧了。《浮士德》第二部第三幕写的是海伦和浮士德的孩子——欧福里翁之死，令人想起何蒙库鲁兹的死。欧福里翁的原型是"众所周知的"拜伦勋爵[1]。他永不停歇地憧憬着远方，被充满死亡的战场诱惑，如"不停拍打双翼"翱翔的伊卡洛斯一样坠亡。

伊卡洛斯！伊卡洛斯！
真令人心伤。

憧憬着最大的火而展翅翱翔的伊卡洛斯，在他人工的双翼完全展开时跌入海中。男性元素的极限在这里也和其后永远的女性元素的世界相通。不消说，这并不是人和自然无须媒介的结合，而是在遍历了人工-男性世界的每个角落后，通过世界尽头的反射，第一次事先和已经失去之物——偶尔会意想不到地藏在惩罚的外表之中——相遇。纵观整本《浮士德》，可以看出歌德是戴着火成论者面具的水成论者。自不待言，浮士德那一刻不停的劲头来源于藏在孕育境地、需要探求才能找到的海伦，而不是他自己。何蒙库鲁兹则是表现这种探求的微型剧中剧里的一名演员。

---

[1] 拜伦勋爵（George Gordon Byron，1788—1824），英国诗人、革命家，浪漫主义文学泰斗，代表作是诗体小说《唐璜》。

自动入偶庭园

C. G. 荣格在《心理学与炼金术》中收录了大量的梦，我对其中的两个尤其感兴趣：一个是永动的梦，另一个是紧接着的人偶的梦。先从第一个梦开始讨论吧。

摆锤不落，装有平衡轮的时钟永久运转。

这就是梦的内容。作为时钟动力源的钟摆没有摆动，而时针分针却一刻不停地运转。这是一个无视任何摩擦的损耗，永久循环的 perpetuum mobile（永动机）。荣格把这个美妙的形而上学观念解释为心理学上的"无意识的表现"。也就是说，与其说这台现实中不可能存在的"宇宙性、超越性的时钟"是时空范畴内的某物，倒不如说是"显现在曼陀罗上的心理现象"。荣格写道："它遵循的是经验的自我之外的某物，而两者之间存在着难以填补的沟壑。事实上，这个人格的另一个中心存在于与自我相异的平面上。而且，与自我相反，它具备'永远'的属性，也即相对无时间的属性。"

荣格的话立刻让我想到海因里希·冯·克莱斯特在《关于木偶剧》这篇对话体散文中,论述关于人偶相对于人类舞者的优越性。克莱斯特认为,从食用智慧之树的果实以来,自我(意识)受到污染的人类无可挽回地失去了自然的美。人类舞者相较于人偶的劣势在于,前者会因为自我意识的作用而使运动时的身体重心偏离原本的重心。与此相对,纯粹物质性的后者的重心则由技师正确地操纵,完全忠实于重力的法则。并且,即便如此,人偶却可以完成反重力的运动。操作的技师从上方给予的"飞跃升天的力,比将它束缚于大地的力更强大",所以,它得以摆脱"物质的惯性这一妨碍舞蹈的特性",像妖精一样轻盈地运动。总之,自我是一个错误的中心,人类如果不发现如同技师之于人偶一般的神,或者用荣格的说法——"人格的另一个中心",失却的美就不可能复归,人类就再找不到第二个纯净无垢的乐园。

请注意,荣格梦中的时钟也是在另一个中心的支配下运转的。而这另一个中心,则有着"永远"的,或者说"相对无时间"的属性。换句话说,正是因为剔除了分隔自我的时间性,永动才有了基础。所以,与其说永动是工学上的不可能之事,不如说它成了失去神的人类永远探求而不可得的一个目标。我接下来将会说明,作为永动的象征,自动人偶随着中世纪的结束而大大兴起,这和前文的

讨论有着一定的联系。但在得出这个结论之前,还是让我们先看看荣格的第二个梦吧。第二个梦是这样的:

> 这个梦的主角和医生、留着山羊胡的男人以及一个"女性人偶"一同待在圣彼得教堂。最后那个"她"谁都不认识,不向任何人搭话,也没有人和她搭话。也没有人知道,她是由三个男人中的哪一个带来的。

这种似乎会在 E. T. A. 霍夫曼的小说中出现的人物配置,根据荣格的说法,设定如下:梦的主角＝自我,山羊胡男子＝被借用的智慧(梅菲斯特),女性人偶＝阿尼玛[1],非自我的一种,医生＝非自我。四人身处圣彼得教堂这个规定好的场所里,正如第一个梦里的钟表圆盘四等分后的状态。这四个人物分别代表着意识和无意识(非自我)的各种功能,就是包含无意识的"总体人格"的分力。因此,自我只不过是这些分力的一种,无法成为"表现总体性的圆心"。处于圆心的是作为总体人格的梗概的"soi"、奥义书[2]里的"梵我[3]"、神性的自然,又或者超自

---

1. 阿尼玛(Anima),男人潜意识中的女性性格,只有一个。阿尼玛也是男人心目中女人的形象。当男人对女人有一见钟情的感觉时,他可能是将他心目中阿尼玛的形象投射在这女人身上。
2. 奥义书(उपनिषद्),古印度一类哲学文献的总称,是广义的吠陀文献之一。
3. 梵我(आत्मन्),意为真正的我,内在的自我。这个术语起源自古印度宗教,在各宗派中普遍被接受,被视为是轮回的根基,后被印度教承袭。

我。荣格在论述时虽然把这"另一个中心"和诺斯底派的原典联系起来，但这里只要理解这个反自我的中心和让第一个梦里的永动成为可能的"相对无时间性"是同一性质的东西就可以了。

不过，"相对无时间性"到底是什么呢？如果对这"另一个中心"的具体所指一探究竟，也就自然会明白幻想永动以及它不完整的比喻——自动人偶这种冲动的深层构造。发现和自我不同的运动的重心（也可能是再发现），又从这个更高层次的中心诞生出令人惊异的世界——这就是永动梦想者们的预感。一旦这一点被发现，精神（源动力）和物质（机器）就能完美结合，催生出世上尚不存在的运动。自古以来，那些既是心理学家又是物理学家的人物应该都能轻易地发现这个秘密。中世纪的炼金术师们大概都是些这样的人。一方面，在知识范畴愈趋专门化的现代，两个领域的专家要依靠相互批判的方式才幸运地得以会面，费上一番周折才能发现相似的秘密。维也纳精神分析学派的奇才桑多尔·费伦齐写的关于恩斯特·马赫《文化与机械学》的批判性考察小论文——《为了机械学的精神发生学》（1919年）就是一个很好的例子。

这篇小论文首先介绍了马赫的研究。马赫的儿子路德维希从小就是个机器迷。于是马赫让路德维希详细地描述小时候的记忆，结果"当时那强大的、难以计量的感觉上的热烈体验，让我们迅速接近工具、武器、机器这些辅助手段在人类本能层面的发端"。这是怎么一回事呢？马赫继续写道：

> 回顾了一番（幼年，原始时期）之后，令人感到惊讶的是，我们其后的全部生活不过是当时态度的延续罢了。我们总是想办法把周遭环境变得合乎自己的意愿，试着去理解，于是自己的心意才能贯彻始终。
>
> 不过，一旦开始思考、幻想这些早已消逝的事物，关于昔日经历和感觉的记忆就会浮上心头，就如同幻觉一般。我们沉溺在幼年期的感觉世界里，预感自己将会发现这些记忆中各种各样成立的方法以及当中待发掘的无尽的未知。我们对此抱着期待。

马赫通过记忆回溯了机器和工具的发轫史，从幼年期的体验中发掘其根系。费伦齐认为这个过程和精神分析十分相似，但同时也指出了马赫的不足之处。因为马赫虽然回溯至幼年期，探寻机器和工具的面影，但却轻易地忽视了隐藏在面影下的无意识。因此"马赫的研究只是为技术的进步提供了一个理性主义的解释，或者更准确地说，仅仅是反映了动机中理性主义这一个侧面而已。"例如，马赫认为黏土碗是对手掌呈凹型盛水时的一种补偿，但仅仅如此并不足以说明黏土碗独特的造型魅力。费伦齐一面回想弗洛伊德所说的"人格与肛门性欲",一面强调力比多[1]这一情欲的分力。

> 孩子在捏土、挖洞、汲水、洒水等运动和工作中获得快感,这种快感的升华形式是一种在这些活动以外的"象征性的"再生产,由器官活动时性的亢进引发。人类使用的工具——尤其是它们的名字中——的某些细节,还在向人们展示力比多留下的痕迹。

费伦齐的观点可以被概括为:技术的进步不过是肛欲期已经自我满足的器官活动,向着理性、有效的领域升华的结果而已。但是,机器在从力比多式的客体,也即玩具式的物体中分离出来的瞬间,自我中心式的时间立即介入,于是从那之后,我们只能为意识的毒和时间的破裂感到苦闷。与此同时,如果反过来看,工具-机器又不只是技术进步的表征,它也是一种物质记忆的入口,引领我们追忆那个无时间性的黄金时代。这种由工具-机器引发的没有主观意志的追忆,正是荣格所说的"另一个中心"引起的活动,也可以用克莱斯特所说的"反重力法则"来解释。在马赫和费伦齐做出上述议论的几乎同一时代,《追忆似水年华》出版,侦探小说进入黄金时期,这绝对不是

---

[1]. 力比多(Libido),指一切源自本我的欲望。

偶然。谁也无法断言今时今日我们对照相机、扬声器等机器的爱好表现不是一种精神疗法。

但是，如果目标所指的、未被时间污染的幼年期是一个"反重力"的空间，那我们理应能在那里体验不被大地束缚的不可思议的浮游状态。孩童、少儿或者有孩童性格的人常有飞行或乘坐交通工具的愿望，这表现了他们对反重力空间的偏好。人造人研究家约翰·科恩准确地从自动人偶制作者们隐秘的动机中发现了飞行的愿望。科学史学者阿道夫·波特曼认为帆船、划桨、人造翅膀、机翼、火箭、烟花、真空、热气球等物体反映的机械式飞行幻想中，留下了萨满教超越而又神秘的飞行痕迹（《自然探究中的神秘要素》）。话虽如此，在时间和空间的概念已然消失的世界里浮游的愿望，要靠强化时间和空间概念的新型机械实现，这从理论上讲是自相矛盾的。一边不断地制造机器——弄错无时间性的大地仿造物，一边将这种仿造物异化为游戏性质的客体，这可能吗？为了到达浮游空间，在高处翱翔的代达罗斯和在低空飞行的赫尔墨斯都发明了机器。但以近代的眼光审视，会发现他们其实离目的地越来越远。为了解决这种对立，我们必须先把目光从学者们的身上移开，转向艺术家和诗人们的世界。

如果要论述飞行愿望与自动人偶制作之间的联系，我们最先需要关注的无疑是兼有飞行器设计师和自动人偶制作者双重身份的列奥纳多·达·芬奇。花田清辉的《文艺复兴时期的精神》介绍了他那尊有名的机械狮子。这尊机械狮子不仅外表惟妙惟肖，动起来也和真的狮子无异。达·芬奇把狮子玩具献给国王弗朗索瓦一世，但国王已经厌倦了把玩人偶，于是达·芬奇又把一位沙漠隐士送到国王的近旁。这位沙漠隐士也是马口铁制成的自动人偶，手上拿着一根棍子。只见这位隐士毫无顾忌地走到狮子跟前，用棍子抵住狮子的胸口不停地猛击，于是后脚站立的狮子胸口裂成两瓣，从狮子的胸腔里忽地蹦出一朵代表瓦卢瓦王朝纹章的纯白百合花。这则关于达·芬奇自动人偶的逸闻让我想起幕府末期一尊精巧侍从人偶的奇特行为，该人偶是由加贺的机关人偶技师大野辨吉献给前田藩主的。有一次，这尊侍从人偶捧着茶盘，跪着将它敬献给藩主，藩主玩笑式地用扇子打了打人偶的头，只见人偶缓缓直起身子，作势就要去拔别在腰间的刀。（立川昭三《机关人偶》）

早期的自动人偶造型中有相当一部分都是代表了飞行梦的飞鸟或者水鸟，宣告着萨满教幻想飞行的复活。别名雷吉奥蒙塔努斯的占星术师约翰·缪勒（1436—1476）在马克西米利安一世进入纽伦堡城时献上一头人造的鹰鹫，让鹰鹫行礼祝贺。雷吉奥蒙塔努斯还制作过铁苍蝇，这些微型的虫子四处翻飞，发出嗡嗡的响声，最后又都一个不落地回到主人的手掌中。

虽然雷吉奥蒙塔努斯的飞行玩具尚未踏出传说的范畴，但1354年被加装到斯特拉斯堡大教堂塔上时钟里的公鸡装置，却是实际存在的模拟机械。每到晌午时分，公鸡便张开嘴巴，吐出舌头，羽毛倒竖，展翅啼鸣。这啼叫声是用风箱和传声管发出来的。之前已经提到过，德国南部一带狂热的人偶嗜好对笛卡尔的哲学产生了影响，这个带有自动机关的时钟则向洛克、波义耳和霍布斯等人展示了一种科学的未来图景。

雷吉奥蒙塔努斯的公鸡尤为出彩的啼叫声得益于当时管风琴和吹奏乐器的发展，这里展现了对风力的利用。蒙田（1533—1592）则在费拉拉参观了枢机主教的庭园，在佛罗伦萨和奥格斯堡见到了喷水庭园。这些庭园的洞窟迷宫中环绕着利用水力运转的巨型音乐装置，装有机关的猫头鹰在石山的斜面上发出瘆人的叫声，追逐着真实的鸟群。一旦有水流过洞窟里迷宫一样的路，管风琴的音乐、像小号和炮声一样的音乐就会一齐奏响，门户开开闭闭，雕像自行移动，水面上忽然出现各种各样的动物。

阿塔纳斯·珂雪（1601—1680）和卡斯帕·肖特合作设计出了令人惊异的管风琴。正如 G. R. 霍克（《作为迷宫的世界》）所言，珂雪的音乐器械的理论基础，是毕达哥拉斯学派音乐性的天球和谐说和卡巴拉的魔法。珂雪也制作了完全意义上的自动人偶，这尊人偶不仅眼睛、嘴唇、舌头会动，而且还能发出声音，是一尊和神像（Teraphim）一模一样的预言雕像。17 世纪的自动人偶大多都是卡巴拉式的"会说话的头"。德累斯顿圣十字教会学校的副校长约翰·瓦伦丁·梅尔维茨制作的这一类人偶（1705年）都是能说多国语言的语言学者。进入18世纪，这股风潮的影响还在继续。维也纳人弗里德里希·冯·克劳斯制作了三个会说话的头，法国人米甲制作了两个会说话的头并要求法国科学院予以确认（1738年）。1779年，圣彼得堡的俄罗斯科学院决定购入能够发出五个元音的自动人偶。克里斯汀·戈特利布·克拉特齐斯坦制作的也差不多是这一类的人偶。要说其中比较有名的，还要数以维也纳的枢密院顾问沃尔夫冈·冯·肯佩伦的笔记人偶和行棋傀儡为代表的一系列自动人偶。因为我之前已经写过一篇关于行棋傀儡的文章，这里就不再详述了。这尊土耳其人打扮的人偶装有妙手行棋的机关，被当作稀罕玩意儿运到美国展示，机关里的把戏却被爱伦·坡识破，后来又成为E. T. A. 霍夫曼的小说《自动人偶》和安布罗斯·比尔斯的《马克松的主人》（Moxon's Master）的原型。歌德写信给魏玛大公卡尔·奥古斯特报告了见到肯佩伦的"会说话的头"的经历。根据歌德的说法，肯佩伦制造的人偶表达能力虽然有限，但能清楚地说出一些小孩儿学语时使用的词。人偶喜欢的词有"歌剧""天文学""君士坦丁堡"等，还会一边用不太熟练的法语发出邀请说"你似我底朋友，我从心底爱恋着你。请和我一起去巴黎"，一边做出相应的手势。

所以说，会说话的机器早在爱迪生以前就存在了。13

世纪的炼金术师艾尔伯图斯·麦格努斯[1]拥有一个一边做出神秘动作一边唱念"Salve, salve, salve!"（贵安！）的少女人偶。文艺复兴时期的学者乔万尼·巴蒂斯塔·德拉·波尔塔[2]据称在一个封印铅筒中贮藏了妙法和箴言，可在必要的时候取出。到了近代，和肯佩伦同时代的纽伦堡人F.格伦德勒经常一边走，一边宣称自己在罐子里储藏了箴言的回声。

另一方面，鸟类和交通工具的玩具制作也渐渐发达。先不管是否造出实物，意大利人乔万尼·阿方索·博雷利（1608—1678）在准确观察鸟类飞行的基础上提出了"鸟人器械"的构想。他所著的《动物的运动》（1743年出版）被视作最早的航空工学著作。

进入18、19世纪，越来越多的机械鸟被发明出来。稍举几例，首先是雅克·迪·沃康松的机械鸭子。1886年，实际见过机械鸭子的大卫·布儒斯特爵士[3]称赞它

---

1. 艾尔伯图斯·麦格努斯（Albertus Magnus，约1200—1280），中世纪欧洲一位重要的哲学家和神学家，他提倡神学与科学和平并存。有人认为他是中世纪时期德国最伟大的哲学家和神学家。他也是首位将亚里士多德的学说与基督教哲学综合到一起的中世纪学者。
2. 乔万尼·巴蒂斯塔·德拉·波尔塔（Giovanni Battista Della Porta，1535—1615），文艺复兴时期欧洲学者之一。受新柏拉图主义影响，他研究原因不明的自然现象。1560年，他创建了文艺复兴时期的科学研究院，即自然秘密研究院。
3. 大卫·布儒斯特爵士（Sir David Brewster，1781—1868），苏格兰数学家、物理学家、天文学家、发明家及作家。他发明了万花筒，并改良了用于摄影的立体镜，他称此为"透镜立体镜"，是首个能随身携带的3D眼镜。

是"迄今为止最为令人震惊的机械"。浪漫派诗人阿希姆·冯·阿尔尼姆也写过在米兰的博览会上看到沃康松的机械鸭子时的印象（《那不勒斯、西西里、马耳他及撒丁岛纪行》）。鸭子后来归黑尔姆斯塔特的拜莱斯教授所有。生来就对提线木偶和自动人偶十分热衷的歌德专程到拜莱斯教授家参观。遗憾的是，歌德上门的时候，机器正好出现了故障。所以，即便当时的舆论认为这只能摇晃脑袋，从人手上啄食谷粒甚至咽下、消化的鸭子不过是个单纯的骗局，歌德也无法做出什么评价，而是写下了这样的俏皮话："这只鸭子我无论如何都不想吃。"

著名的机械技师马亚尔制作了小得惊人的蜂鸟。蜂鸟被收纳在8厘米长的椭圆形小匣子里。一揭开盖子，羽翼华美、造型精巧的鸟儿就从巢中飞出，振动翅膀，吱吱地奏出四首婉转的曲子，四曲终了，又忽地返回小匣，合上盖子。日内瓦的布吕吉埃·罗夏和皮埃尔·罗夏一家制造的机械蜂鸟更是奇特：开枪时，会"砰"的一声从手枪里蹦出色彩极为鲜艳的蜂鸟，振动翅膀，吱吱啼叫，然后飞往远方，直至消失不见。

然而，在鸟类玩具受到推崇的同一时期，出自同一作者之手的孩童自动人偶也不断被制造出来，我对此感到十分好奇。肯佩伦的笔记人偶也是孩童的造型。马亚尔也造出了拿着铅笔呈跪坐姿态的少年人偶，少年用英法两种文字书写文章，描画风景。绝代的人偶技师雅克-德罗父子也制作了少年素描家、少年书记员和弹奏管风琴的少女。到这里我们已经清楚自动人偶制作者们的飞行欲望和向少年期退化之间的关系。或者换用更有想象力的说法：他们完成了男性本来不可能完成的"生育"的奇迹。偏离自然，踏足异端一般都不会有什么好结果。雅克-德罗父子中的父亲皮埃尔·雅克-德罗于1754年应西班牙国王之邀前往马德里，为国王造出了会"咩咩"叫的机械羊和会把筐子装得满满当当并驮在背上搬运的机械狗。但随后有人污蔑他使用了魔法，老皮埃尔遂被异端审问所投狱，直到执行死刑之前才得到赦免。由普罗米修斯和代达罗斯肇始的工匠的噩运再度降临。

还有另一个事件也发生在西班牙，该事件的主角并没有受到刑罚。从1500年到1585年，西班牙生活着一位让民众以惊异和恐惧这两种心情看待的工学天才。不，这种说法可能并不准确。这位天才——霍瓦内罗·托里亚诺在克雷莫纳出生，也有人说他的老家是佛兰德，但没有人能够断言他的出身。当时，唐·卡洛斯[1]所有的一座精巧旧时钟坏掉了，这座据说制造于公元6世纪的时钟令所有的钟表匠都束手无策。这时，正是霍瓦内罗·托里亚诺

---

1. 唐·卡洛斯（Carlos de Austria，1545—1568），阿斯图里亚斯亲王，西班牙国王腓力二世的长子和法定继承人。卡洛斯因为不稳定的精神状态而被腓力二世于1568年软禁，半年后在囚禁之中死去。他的命运成为西班牙的黑色传奇之一，也激发了剧作家弗里德里希·席勒的剧本和朱塞佩·威尔第的歌剧等创作。

自告奋勇，完美地修好了旧时钟，甚至还添上了能预报天气的辅助器械。从那之后，这位身份成谜、几乎不会说西班牙语的天才工匠就一直住在托莱多的城堡里。唐·卡洛斯和之后的腓力三世十分惜才，向他定制过各种各样的机器。

不过，霍瓦内罗·托里亚诺最大的杰作还要数把水运到山上的自动装置。托莱多当时有二十万人口，地势较高，险峻的山岩把主城和地势较低的塔霍河隔开。霍瓦内罗发明了由水车和用杠杆驱动的水桶阵组成的大型自动运输机，把河里的水引到山上的城里。这个装置主要应托莱多市民的请求制造的。市民们约定每年上交 1900 达克特作为使用费，但五年后就违背约定，停止缴纳费用。因为市民们觉得宫廷更频繁地使用运输机。腓力二世于是禁止市民使用运输机，市民们无奈又用回了用驴驮水的传统方法，为此，每天都需要二百八十七头驴子一齐工作。中伤霍瓦内罗的传言也是从宫廷和市民间的嫌隙生出的。科学史家赫尔穆特·基奥伦引用了那个时代小报作者的这样一篇文章（《铁天使》）：

> 霍瓦内罗是佛兰德人，所以相当嗜酒。除了水之外他什么都喝。他对水感到恐惧，又十分看不起。从很小的时候起他就厌恶水，现在他对水愈加愤怒，开始折磨水了。水终于不愿再忍受霍瓦内罗的折磨，

绝望地逃到了山上。这就是那个佛兰德人的鬼把戏。

他也被认为是恶魔的使者。霍瓦内罗还制造过许多自动人偶,这让他使用魔法的嫌疑又加深了一层。他制造了敲着响板跳西班牙舞的舞者人偶、骑马驰骋的骑士、边吹号边打鼓的士兵和在宫廷的园子里来回翻飞的鸟。据说他的住所——时至今日这托莱多一角的工房还被称为"木制人之城"——里面,还有谜一样的木制人步履迟缓地来回走动。

但是,真的能一概地把这些小报作者的中伤文章视为造谣煽动吗?对水的厌恶,难道不是属火的普罗米修斯和炼金术师这样的火成论者悲哀的宿命?他们背弃水和大地,亲近火和大气,渴望飞行,梦想把自然烧个精光。这是自古以来自动人偶技师们的共同情结,世人当然要让他们吃吃苦头。不过,根据他们各自的属性,罪名又被分为两种:代达罗斯式的飞行梦和赫尔墨斯式的飞行梦。前者是高空飞行家,遂被重力法则报复,像伊卡洛斯一样重重地跌落。后者是穿着生出羽翼的便鞋在地表和水面滑翔的低空飞行家,则因为赫尔墨斯欺诈师和偷窃犯的属性而染上污名。那位绝代的人偶技师兼欺诈师肯佩伦无疑是后者的典型。布儒斯特爵士认为肯佩伦的人偶就像是在表达这样一种观点:

> 机械不过是件微不足道的事。即便机械结构里没有任何艺术成分，它那令人惊奇的效果也能全靠大胆的设计和为了实现这一幻觉而被有幸选中的方法，来进行还原。

请注意"效果"这个词，这正是结果至上主义的产物在技高一筹的爱伦·坡面前现出原形的理由。欺诈师最大的敌人，就是技高一筹的欺诈师。这些人偶失去了自身代表梦想的诱惑魅力。简而言之，它把机械的梦让给了近代科学，把幻觉的梦让给了文学艺术，人偶制作从此顿失颜色。

在居里克[1]发现真空并以此为起点开始工业革命的17世纪以前，诗人们并非毫不关心机械和自动人偶。16世纪霍瓦内罗发明的水力装置，不仅在马德里被改编成名为《魔法师》(*El Mago*)的芭蕾舞剧，还被洛佩·德·维加[2]以曼妙的诗篇吟诵。卡尔德隆的喜剧《唐娜·狄安娜》称霍瓦内罗是"哥伦布的蛋[3]"式的最早的发现者，盛赞他的

---

1. 奥托·冯·居里克（Otto von Guericke，1602—1686），德国物理学家、政治家。他于1650年发明了活塞式真空泵，并利用这一发明于1657年设计并进行了著名的马德堡半球实验，展示了大气压的大小并推翻了之前亚里士多德提出的"自然界厌恶真空"的假说。
2. 洛佩·德·维加（Félix Lope de Vega y Carpio，1562—1635），西班牙剧作家、诗人，西班牙黄金时代最重要的作家之一。
3. 哥伦布的蛋（Egg of Columbus），指哥伦布竖鸡蛋的故事，形容那些事后看似简单或容易的杰出想法或发现。

发明是"霍瓦内罗的蛋"。但是，诗人和工匠在此之前的和睦关系，到了19世纪蒸汽发动机、留声机、无线电和飞机被相继发明的第二次工业革命期间，就变得难以奢求了。袭击笛卡尔的那种反母性的、破坏性的阿尼玛，化身为霍夫曼的奥林匹亚、维利耶·德·利尔-阿达姆的"未来夏娃"，还化身为儒勒·凡尔纳《喀尔巴阡古堡》中被戈尔兹男爵拐走，变身为玻璃人偶的歌姬拉·斯蒂拉，再度登场。自我中心主义的运动中包含着毁灭自身的破坏力。请回忆本文开头提到的那个代表了荣格的阿尼玛的女性人偶。进入20世纪，这位机械装置的宿命之女已经不能称作"人偶"了。在卡夫卡笔下，阿尼玛成了大型官僚机构，成了《在流放地》里永远渴求猎物、一刻不停运转的杀人机器。米歇尔·卡鲁日准确地比较了《在流放地》里的这个"单身机器"和马塞尔·杜尚用大玻璃制成的艺术品《新娘甚至被光棍们扒光了衣服》。17世纪，破坏性的阿尼玛还只是关乎笛卡尔的个人命运，现在却已经成了所有人的命运。换句话说，阿尼玛一步步走向纯粹，剥离了肉身和气味，呈现出永动那冷酷无情的透明姿态。如果实用的机器全部成为可能，而机器的制作也全部以实用为目的，那么唯一留下的游戏机器就必定是死的永动机。19世纪末，当所有的发明都成为可能时，这种对至高的纯粹运动的梦想必然地以截然相反的形式出现了。另外，我留意到诗歌里的纯粹诗也几乎是在同一时间出现的，这实在是意味深长。

说一个插曲。1812年，家住美国费城的六十二岁技师查尔斯·雷德黑法（Charles Redheffer）宣称自己制造了一台永动机，大街小巷的民众都沸腾了。达·芬奇和帕拉塞尔苏斯都梦想过却没能造出的永动机终于被发明出来了，从明天起再也不用担心能源的问题，可以高枕无忧了吧。查尔斯万岁！但是，狂热的情绪中也夹杂着些许引起不安的传言：那是骗人的把戏。市民们群情激愤，一齐涌向市议会。他们认为，垄断了资本的上层阶级担心查尔斯装置的普及会让旧有生产资料的所有者们失去特权，走向没落，所以他们才故意散播传言，密谋把查尔斯的装置提前扼杀在摇篮之中。市长乔治·麦克马洪向愤怒的群众承诺将在第二天给出妥善的解决方案。

于是，一个旨在探明真相的委员会旋即成立。查尔斯的机器被搬到议会大堂，委员们尝试从各个角度进行分析，吵到嘴角冒泡，但因为都不精此道，所以吵不出什么结果。这时，一位委员提议把自己的儿子——技师科尔曼·塞勒斯叫过来检查机器，获得同意。塞勒斯被火速召到议会。他先是花了几分钟远远地打量查尔斯的机器，随后信步凑到大发明家的身边，耳语了几句。自那以后，永动机的发明者查尔斯·雷德黑法就从费城销声匿迹了。

第二年，查尔斯·雷德黑法又在纽约现身了。他把永动机放在展览会场里，向入场的观众收取门票。观众们排起长龙，引起新闻界哗然。人们于是推选实用蒸汽船的发明者罗伯特·富尔顿[1]为鉴定人。当时，富尔顿几乎已经全盲。他等到入夜会场安静下来时扮作一名普通的观众，仔细倾听了这部机器。他听到轻微的响声，但这响声并不规则，节奏有些紊乱。富尔顿用半盲的眼睛仔细凝视，发现机器的两边都有一部分用皮革覆盖。他请求雷德黑法到场，然后突然揭开皮革，暴露出藏在皮革下的细绳。细绳隐藏在地毯下面，一直延伸到另一个房间。富尔顿等人打开房门，发现一个大汗淋漓的中年男人正在黑暗的房间里踩踏着一个齿轮装置。一年前的那一晚，费城的那位青年技师在雷德霍夫耳边吐露的也是同一个"秘密"："您的永动机是靠人力驱动的吧！"

我也在埃贡·詹姆森的《如何创造奇迹》一书中读到过这个故事。埃贡·詹姆森还讲述了欺诈师查尔斯·雷德黑法在那之后乘船离开美国，自此下落不明的后续经历，并论述了一番雷德黑法那幼稚的赫尔墨斯式性格。但比起这些，让我至今仍十分在意的是在这一章末尾列出的一个数字。

> 根据国际永动发明家协会发表于1963年度的定

---

1. 罗伯特·富尔顿（Robert Fulton，1765—1815），美国工程师、发明家。

期统计，全世界的专利局每年约收到 500 件新的永动机专利申请。

也就是说，每年至少有 500 个欺诈师、狂人、愚者或者天才还在试图发明永动机，或至少是在积极地引发对这个问题的争论。破坏性的阿尼玛正张大血盆大口，等待着自我中心主义的运动。但无论是机械学还是（秘教的）语言组合术，都尚未发现"另一个中心"。不过，在我看来，如果连这奇奇怪怪、说不定就是欺诈师的五百个人都放弃了对绝对的探求，那么世界不仅将在物理意义上走向末路，也将在心灵层面上宣告终结。O, perpetuum mobile, perpetuum mobile!（哦！永动机，永动机！）

曼德拉草之旅

不少植物都有魔法般的力量，其中不得不提的一种是曼德拉草。《创世纪》第三章里译名为"恋茄"的"dudaim"大概就和曼德拉草同属一种植物。《圣经》里，吕便让一直无法怀孕的母亲利亚吃下自己从野外采摘的恋茄，恋茄的魔力让利亚重新唤起丈夫雅各对自己的激情，终于受孕。所以，曼德拉草首先是一种春药，一种激发、强健性能力的催情剂。

曼德拉草在波斯语里的意思是"爱的野草"，是原产于波斯以及小亚细亚的多产野草，有促进谷物生长的作用。它很早被引入地中海沿岸地区，埃及第十八王朝的石灰岩板浮雕（原柏林国家博物馆藏）上雕刻了一位像是梅莉塔顿[1]的女王，把曼德拉草作为爱的信物递给爱人斯门卡拉的场景。在希腊，爱之女神阿佛洛狄忒也常被唤作"曼德拉草女神"。

---

1. 梅利塔顿（Meritaten），古埃及第十八王朝的一位王后。她是法老埃赫那吞的长女，也是埃赫那吞继任者斯门卡拉的正室。

虽说如此，曼德拉草却不只在性爱时发挥它的魔力，它也被用作麻药和催眠药。莎士比亚的《安东尼与克莉奥佩特拉》里，克利奥佩特拉发出过这样的呐喊：

> 给我喝一些曼陀罗（即曼德拉草）汁，
> 我的安东尼去了，
> 让我把这一段长长的时间昏睡过去吧！
> （中译参照朱生豪译本）

古代人认为肉体疾病是由恶人之灵入侵引起的，能够疗愈心伤、使人平静下来的曼德拉草自然被视作包治百病的灵药。"恶灵，也即潜入生者体内的恶人的不祥之灵，如果不采取紧急救护措施，就会杀死生者。不过，只消把它（曼德拉草）放到病人身边，恶灵就会退散。"写下这段话的是罗马人弗拉维奥·约瑟夫斯[1]。约瑟夫斯进一步描述的曼德拉草的特点更是有趣：这种植物就好像人一样，移动双足一样的根部，跨步行走。

> 曼德拉草的颜色红得像烧起来了似的，入夜便发光。很难把它从地里拔出来。因为，只要人一接近，它就头也不回地逃开，如果不浇灌女性的尿液

---
1. 弗拉维奥·约瑟夫斯（Flavius Josephus，37—100），古罗马 1 世纪时著名的犹太历史学家、军官及辩论家。

或者经血，它就不会停下。

通俗的初级魔法解说书籍一定会提到，曼德拉草（尤其是根部）的形状像极了人类中的侏儒。不过，说是长得像侏儒，其实曼德拉草和人参一样表面平滑，所以也形似男根。正因如此，它也被认为拥有增强生殖能力的魔力。如果把这种魔力用到歪门邪道上，就能让互相无感的男女成为恋爱的俘虏，所以曼德拉草有时也会成为恶魔的侍女。莱茵河畔宾根的圣女希尔德加德·冯·宾根[1]写道，正是因为曼德拉草长得像人，所以才容易成为恶魔的帮凶。

如果真和人类极为相似，那么曼德拉草也应该有性别之分。事实上还真的有男性曼德拉草和女性曼德拉草。根据理查德·卡文迪什在《黑魔法》一书中的说法，白色的曼德拉草（根部表面呈黑色，内里呈白色）是男性，它的叶子在地面满满地铺开，花朵散发出强烈的臭气，结黄色的果实，人吃下就想睡觉。而黑色的曼德拉草则是女性，形态和男性几乎一样，但根部的尖端分成两瓣。除此之外，还有一种既非男也非女的曼德拉草，被称作"糊涂草"。巴伐利亚国家博物馆和日耳曼国家博物馆所藏的实

---

[1] 圣希尔德加德·冯·宾根（Hildegard von Bingen，1098—1179），被称为莱茵河的女先知（Sibyl of the Rhine），中世纪德国神学家、作曲家及作家，天主教圣人、教会圣师。她担任女修道院院长、修院领袖，同时也是哲学家、科学家、医师、语言学家、社会活动家及博物学家。

物照片上，曼德拉草都披散着头发一样的长纤毛，像是全身遍布胡须和体毛的老人或是毛发浓密的女子。中世纪的医书《治疗之庭》（奥格斯堡，1486年）中插入了表现男女曼德拉草的绘画，女性曼德拉草的毛发垂到腰部以下，男性则是胡须浓密的老人。

曼德拉草的采摘伴随着可怕的危险。徒手尝试将野生的曼德拉草连根拔起的人将立即暴毙，即便只是轻轻触摸，也有可能因此死去。弗拉维奥·约瑟夫斯介绍的采摘方法十分残酷，要选择一人作为祭品，再由其他数人通力协作。首先，数人确定一株曼德拉草作为目标，在它的周围画一个圈，然后开始往下挖土，一直挖到几乎能看到根部的最下端为止。然后，被选为祭品的男子用手抓住根部，待曼德拉草有反应的时候一下子把它拉出来。这个男人承接了对围成一圈的其他人的惩罚，当场丧命。不过，曼德拉草只要经过人手一次就不再有危险，所以其他人都安全无虞。

还有一个更稳妥的方法：采摘者先在根部周围用剑画出三个同心圆，然后向西边眺望。与此同时，几位助手要围着曼德拉草跳轮舞，再对着它讲些下流话，这样一来，曼德拉草破坏性的杀伤力就会大幅减弱。

到了后世，人们用狗代替人作为祭品：直到在根部周围挖土这一步的顺序都是一样的，接着，要小心地在根部周围套上绳索，再把绳头系在狗的脖子上。然后拿一块肉，投掷到离狗有相当一段距离的地方，于是狗就会气势汹汹地跑向肉片，曼德拉草受到这股力量的拉扯，自然就被连根拔起了。不过，这时接近曼德拉草的人还是必须用手掌捂住耳朵，耳朵里还要预先塞上棉布或者蜡块。曼德拉草从土里被连根拔起时会发出恐怖的叫声，听到叫声的生物也将立即死去。可怜的狗当场死去，被埋到提前挖好的土坑里。

莎士比亚的读者一定不会对表现曼德拉草致命叫声的比喻感到陌生。《亨利四世》（第二部第三幕第二场）中曼德拉草的功能可不像《安东尼与克利奥佩特拉》里的催眠和令人忘却往事这么温和，与此相反，有这么一句对白表现了曼德拉草不祥叫声的恐怖："如果诅咒像曼德拉草的呻吟声一样致命……"《罗密欧与朱丽叶》（第四幕第三场）中有这样的台词：

> 唉！唉！要是我太早就醒来，
> 闻到不堪入鼻的种种恶臭，
> 听到曼陀罗（mandrakes）被拔时的惨叫声，
> 据说闻声者不是疯癫便遭杀头。
> （中译参照辜正坤译本）

日语译者横山有策故意引用"曼陀罗华"（曼陀罗）这样古早的译名来翻译 mandrakes（曼德拉草），不仅是因为他读了"迷信中的曼德拉草根茎形状和人体类似，拔出时会出现文中描述的异状"的注释便领会了它的真面目，我推测横山有策可能还掌握了将曼德拉草和曼陀罗视作同一种东西的其他根据。曼陀罗来自梵语的"Mandārava"，别名天妙华、适意华，又被叫作白华。《广辞苑》中有"见此则心感悦乐"的说法。起源于波斯的曼德拉草和印度的圣花Mandārava是同一种植物吗？如果参考詹姆斯·弗雷泽的《圣经旧约的民俗》，也许能发现同雅各和与曼德拉草的传说类似的印度曼陀罗传说，不过眼下我没这个时间，就留待后日再行考证吧。

回到刚才的话题，德国浪漫派诗人阿希姆·冯·阿尔尼姆（1781—1831）的小说《埃及的伊莎贝拉》（1812年）中也几乎原样引用了用狗采摘曼德拉草的方法。女主人公贝拉（伊莎贝拉）为了和爱恋的王子再度相遇，渴望变身为透明人在城市中游走。她去找吉卜赛女巫布拉卡商量，女巫给出的方法却十分现实：只要手上有足够多的钱，就能和透明人一样轻而易举地出入任何想去的地方了。那么，要怎么样才能得到那么一大笔足够收买所有门房的钱呢？布拉卡暗示，贝拉去世的父亲米夏埃尔大公留下了众多魔法书，在其中应该能找到这个秘法。于是贝拉闭关两个月，读尽了数量惊人的魔法书，在通晓贤者之石探求法、降灵术、黄金锻造法、疗愈咒术之后，终于发现了得到Alraune（曼德拉草的德文）的魔法。

一天晚上，已经精疲力竭的贝拉终于读到了一份报告。上面详尽地记述了得到"Alraune"的手段和盗贼的伎俩，还指导读者利用它们得到金钱和其他世俗之人所追求的珍宝。

顺带一提，Alraune 是曼德拉草的另一个名字，在古德语中写作"alrun"或"alruncken"，原意是"通往秘密"。曼德拉草联通的秘密归根到底，就是利用从土中生长的它所拥有的地下世界知识和敏锐嗅觉，来找出埋在地下的金银财宝。北方人，特别是日耳曼人，根据曼德拉草与侏儒相似的形态，认为曼德拉草就是日耳曼神话里地下财宝（贵金属和矿物）的守护灵——土之精灵侏儒（Zwerg）和寇伯。所以他们还会询问曼德拉草关于地下世界的秘密和财产增值的方法，扩大了它的用途。总之，曼德拉草被认为是世俗化了的赫尔墨斯，是现世利益的代表。两者的共通点不仅包括侏儒一样矮小的体型和男根式性格[1]，还包括阿尔尼姆指出的偷盗癖、策略家属性以及保佑财产增值的神力等等，不胜枚举。商业之神赫尔墨斯常见于文艺复兴时期的高利贷资本家们的家纹。

阿尔尼姆描述的利用狗采摘曼德拉草的方法还附带有几个苛刻的条件。首先，采摘的执行者必须是没有肉欲

---

1. 男根式性格，是弗洛伊德心理性欲发展论中性器型性格的一种，表现为行事具有攻击性、傲慢狂妄等。

但却为柏拉图式恋爱所困的处女。爱恋的心情把凌驾于男子的勇气加诸处女身上。她须在夜里十一时去往因冤罪被绞首的囚犯的行刑台下，找到被囚犯清泪打湿的土地上长出的曼德拉草，系上用从自己头上痛快剪下的长发所编成的绳索（她因此变成了寸头），另一头系在黑犬的脖子上。之后的步骤如前所述。

幸好，贝拉满足以上所有的条件。她的父亲——吉卜赛人最后的王——米夏埃尔大公刚刚因为手下的盗窃嫌疑受到牵连，死于非命。贝拉利用黑犬辛森，顺利地采到了从被父亲尸体的眼泪打湿的土地上长出的曼德拉草。不过，她忘了要在耳朵里塞上东西，所以当她在五十步之外听到惨烈的叫声时被吓得晕了过去。大难不死的贝拉开始偷偷用猫奶喂养这株曼德拉草，于是它慢慢长成一个自称科尔奈利乌斯·奈波斯元帅、身披玩具盔甲的植物侏儒。

冤罪死囚的眼泪（又或者死时射出的精液）和土地的结合生出了曼德拉草，这样充满屈辱的诞生传说在曼德拉草的胚胎学上尤为引人注目。之前曾提到过格里美尔斯豪森《冒险者辛普利契西姆斯》中的侏儒"Galgenmännlein"（参考《瓶中精灵》），这里，我再引用一下和格里美尔斯豪森同时代的巴托罗缪·艾因霍恩在《埃尔洛基亚》（1674年）中对曼德拉草的记录。

  有魔力的曼德拉草因绞刑架或行刑台上被吊死

的、忘却了神明也忘却了救赎的人们而生。传说中，从死刑犯尸体里排泄而出的尿液中诞生了曼德拉草，它们的形态和侏儒相似。

接着，巴托罗缪·艾因霍恩论述了曼德拉草普遍为人们所相信的催情和财产增值功效，又记录了一系列基于对曼德拉草迷信的怀疑所做的实验。有一次，艾因霍恩在众人的见证下硬扯下一株曼德拉草，见到这一幕的人都说这样做会给他的妻子造成不幸，艾因霍恩嗤之以鼻，放话让那些害怕的家伙先行离开。接着，他把男性的曼德拉草投入火中，除了散发出一股杂草烧焦时的气味之外，并没有发生什么事。

从前被认为是从死刑犯的排泄物里生出的传说植物曼德拉草，现如今已经被认为是和大蒜相似的茖葱（学名 *Allium victorialis bryonia*）、黄龙胆（*Gentiana lutea*）或白泄根（*Bryonia alba*）这类中欧野生植物的根。到了20世纪，人们仍特意把白泄根的根做成形似人体的拙劣雕像，放在维也纳和柏林的商店里售卖。直到1965年，蒙塔丰地区仍有将曼德拉草用于民间医疗的实例。（莉泽洛特·汉斯曼、伦茨·克里斯-雷登贝克《护身符与驱魔》，1966年）

和大蒜相似的茖葱正如它的名字所示（Aller-manns-harnisch，即所有男人的盔甲），意思是保护自己不被敌方进攻所伤的坚固盔甲,所以常被士兵用作祈求平安的护身符。即便教会严令禁止魔法,中世纪的士兵们仍旧经常贴身携带这种植物护身符。据说,华伦斯坦[1]和理查八世一生都相信这种植物的功用。奥尔良森林里的处女战士珍妮·达尔克(即圣女贞德)因为崇拜狄阿娜而被指控为女巫,遭到审判,她的重要罪状之一就是持有违禁的曼德拉草。

阿尔尼姆笔下身披玩具盔甲的科尔奈利乌斯·奈波斯元帅,遂成为防御魔法的一个象征。小说里的这位侏儒元帅战力超群,把前来决斗的骑士们一个个打得半死,立下赫赫战功,在贵妇之间颇有人气。曼德拉草嗅探藏匿起来的财宝的能力也如传说所言。女巫布拉卡告诉天真的科尔奈利乌斯,想要当上元帅,就必须准备一笔巨款。科尔奈利乌斯听到这话,轻快地耸了耸鼻子,说道:"那么就请放心交给我吧。这一带很是不安稳,墙角处肯定藏有财宝。"果不其然,敲开墙壁的一角后发现,墙壁后面藏了一个塞满了金子的大箱子。这箱子原是一个叫熊皮男的怪物埋起来的。熊皮男是个狼人似的大块头男子,他察觉到异样赶了过来,还和侏儒科尔奈利乌斯有过有趣的一番交涉,这里不再赘述。

---

1. 阿尔布雷希特·冯·华伦斯坦(Albrecht von Wallenstein,1583—1634),神圣罗马帝国军事家。在三十年战争中的丹麦阶段以及瑞典阶段,华伦斯坦带领神圣罗马帝国哈布斯堡王朝军队与反哈布斯堡联盟作战。

故事中如果说有什么和传说出入的地方，那大概就是曼德拉草的培育方法了。刚才已经说过，贝拉用猫奶喂养曼德拉草，而根据初级魔法的惯例，应在每周二晚把采来的曼德拉草泡进葡萄酒里，仔细清洗后用红色或白色的丝绸包住，每到朔日，就更换这块丝绸。这样一来，"曼德拉草的根就会回答所有的问题，保护财产不受敌人侵害，让不孕的妇人怀胎。前一天晚上放置在它旁边的金币，到了第二天早上就会翻番"（理查德·卡文迪什《黑魔法》）。

根据以上的描述，曼德拉草既是镇守家宅，守护一家繁荣，抵御外敌入侵的家庭守护神；又是将此处的东西（比如爱和财富）带到远方，再把远方的福气带回来的捷足旅人。由于这擅长运动的一面，他和何蒙库鲁兹常常被看作同一种东西。比如，帕拉塞尔苏斯说过，曼德拉草能帮人达成任何愿望，连何蒙库鲁兹都能轻而易举地孵化出来。帕拉塞尔苏斯认为曼德拉草是一种药用植物，并没有明确认为曼德拉草就是何蒙库鲁兹。在行骗术的炼金术师那里，两者的关系更加紧密，对此赫伯特·西尔贝雷这样论述道：

> 欺诈师认为，和炼金术一样，何蒙库鲁兹的制造之术也为自己所有。正是因为拥有了能力超群的何蒙库鲁兹和曼德拉草，他们的工作才值得被期待。曼

德拉草无疑使何蒙库鲁兹的理念更加耀眼，促进了何蒙库鲁兹制造技术的发展。曼德拉草部分表现了生殖的秘密，在此也不言自明。

——《神秘学及其象征表现的诸问题》

曼德拉草和何蒙库鲁兹从同一个生殖秘密之中诞生。所谓生殖的秘密，是指不经由女性就能达成的生命奇迹。通过以上的叙述不难推测，两者都是可溯源至众卡比洛斯-赫尔墨斯式本质的存在。也即，两者都是不经由自然的女性子宫而诞生的反自然的人工生物。

以曼德拉草作为主角的另一本小说的作者显然也很清楚这个结论。不过，准确地说，其主角曼德拉草是女性，即与英语中的男性曼德拉草（mandrake）相对立的女性曼德拉草（womandrake）。这部小说是汉斯·海因茨·尤尔斯的《曼德拉草，一种生物的故事》（1928年）。书中尤尔斯准确沿用了某些传说（比如采摘曼德拉草的方法），塑造出女性人造人曼德拉草的形象，并且自始至终都在反复强调"反自然性之恶"。

……崇敬规则和法制，谦恭而忍让，忠实地追随正确的神，这样的人便是善人。/但是，另有一位不遵此道、憎恶善行的王侯，他枉顾规则，藐视法制。他啊——请留心看看吧——正进行着反自然的

创造。/他遵邪术,他是恶人。像他这样的人全是恶种,全是撒旦的子孙。(摘自序幕旁白)

经雅各布·坦·普林肯博士之手,这反自然的创造精神催生出美貌绝伦的金发少女。被少女的手碰过的东西都会变成黄金,但同时,她轻巧的脚掠过的大地又都会开出苍白的死相之花。大学生弗兰克·布朗在曼德拉草真正诞生前已经多次借由传说的描述想象曼德拉草的本领,并请求伯父雅各布制造曼德拉草,可最终却是他亲手杀死了曼德拉草。这本小说的主题既和哥连传说相符,又和世纪末宿命的女性形象共通,但其实都是阿尔尼姆《埃及的伊莎贝拉》的回炉再造。在《埃及的伊莎贝拉》的后半部——正如本书第一篇所叙述的——遵循着雅各布·格林的哥连传说的制造方法,形似伊莎贝拉的女哥连被制造出来。雅各布·格林为浪漫派提供了许多民俗世界里的素材,作为盟友,阿尔尼姆在塑造曼德拉草、熊皮男和哥连等梦幻的怪物形象时从雅各布·格林那儿得到了不少建议。不过,对于这位带着保守气质的勃兰登堡州贵族诗人阿尔尼姆,有两个人指出他的作品虽然充满奔放的奇想,细节也足够有趣,但结局的结构和这部分细节的融合都堪称灾难。其中一位是约瑟夫·戈雷斯,另一位正是雅各布·格林。

不论东方还是西方,自古以来都有不少关于植物形态的人变形的神话和梦。希腊神话里的达芙妮为躲避阿波罗的追赶而变成了月桂树。15世纪威尼斯道明会[1]的修士弗朗切斯科·科隆纳[2](1433—1527)所著的《寻爱绮梦》里也收录多幅插画,表现七位少女手牵手渐渐从树木蜕变成人的场景。把自己从植物王国这个无意识的世界中切分出来,变成人形的这一场面,历经几个世纪,与现代比利时超现实主义画家保罗·德尔沃[3]的画作《树之女》遥相呼应,画作描绘了四个下半身由树木枝干变成的女人。

荣格派的女性精神分析学者安雅·泰拉多夫人也曾经展示过一组包括15张画作的植物变形故事。这组画作由她的病人所画,第一张表现的是一个在火刑架上被烧死的人,接下来的一张画里,这个被烧死的人变形成一男一女两株树木。然后,这两株树木又合为一体,生出赫耳玛佛洛狄忒,树木化身为森林,成为画中的背景。赫耳玛佛洛狄忒又变成柏拉图描述的男女合体的球人形态,二人自行分裂成一男一女。在故事的最后,二人分别走上各自的道路,潜入各自的圣殿(自我),再次转世获得新生。

---

1. 道明会(Ordo Dominicanorum),天主教托钵修会的主要派别之一。会士均披黑色斗篷,因此被称为"黑衣修士",以区别于方济会的"灰衣修士"和圣衣会的"白衣修士"。
2. 弗朗切斯科·科隆纳(Francesco Colonna,1433—1527),文艺复兴时期欧洲意大利道明会修士,写有一部渗透新柏拉图主义的寓言传奇作品《寻爱绮梦》。
3. 保罗·德尔沃(Paul Delvaux,1897—1994),比利时画家,以其超现实主义风格的裸女画闻名。

从树木中分裂出一对男女的画面，立刻让人联想起因为吃了智慧树上的果实（一说苹果）而知晓了性别差异的亚当和夏娃。说起来，利亚为了与雅各媾和而使用的"恋茄"，不也和智慧树的果实一样，是某种植物象征吗？在马丁·路德的路德圣经中，曼德拉草就被称作"爱的苹果"。

虽然也有不同于人形的曼德拉草的果实，但无论是形似婴孩、还能发出啼哭声的传说植物瓦克瓦克，还是孙悟空的人参果，都明显是人形的果实。不过，虽然都是人形果实，但因为曼德拉草只有根的部分和人相似，所以它和土地以及地下世界的联系更加紧密。在古人看来，根是吸收地下（冥府）的魔力输送给地上的茎和叶子，最终让花朵开放的魔法器官。因为和冥府关系密切，它也常被视为恶魔般的植物。正是因为吃下了这恶魔般的植物，利亚才幸运地诞下了雅各的第六个孩子。与此相反，吃下智慧树果实的亚当和夏娃就此堕落，生下邪恶的该隐。同样是吃下魔法般的植物，命运却由此大相径庭，一边指向幸运，另一边指向不幸，这是为什么呢？

阿尔尼姆的《埃及的伊莎贝拉》部分解答了这个问题。在圣母玛利亚逃亡埃及时，没有允许其同行的埃及人都永远受到诅咒，他们只得背井离乡踏上赎罪之旅，其中的一部分人就成了流浪的吉卜赛人。吉卜赛人和犹太人一样受到西欧基督徒的迫害。就在这时，计划把吉卜赛人带回故乡埃及的领导人米夏埃尔大公突然暴毙，最后的继承人伊莎贝拉接过父亲的权杖带领族人返回故乡。《埃及的伊莎贝拉》的情节大致如此。

所以，曼德拉草（Mandragora=Alraune）既是无根的吉卜赛民族的比喻，又是对经由处女怀胎的玛利亚和其子耶稣的讽刺戏仿。科尔奈利乌斯·奈波斯也是经由贝拉不合常理的处女怀胎才得以降生的。说曼德拉草是流浪的吉卜赛民族的比喻，是对绝对孤儿耶稣的戏仿，归根结底都是在说曼德拉草失去了自己原本的土地，只能不断流浪并希图回到已经失去的故乡，是这种旅途上的存在的象征。曼德拉草具备旅人守护神赫尔墨斯身上各种特征的说法也由此而来。

那么，到底是谁以诅咒这种象征形式，从这个流浪的孤儿手中夺走原本属于他故土的辉煌？阿尔尼姆故事中的掠夺者是诅咒埃及的基督徒。在基督教以前的王成了流浪的吉卜赛人，旧魔法遭到新宗教的流放，被贬为卑贱的旅行艺人。所以，在基督教神学看来代表邪恶诱惑的魔法植物，却唤起了吉卜赛人对失去的王国的追忆，成了变现在的无力为创世性子嗣诞生之动力的神奇譬喻，这一点也不奇怪。换句话说，曼德拉草是叙述基督教以前的王族血统流离缘起的魔法植物。到这里，我们就明白了曼德拉草激发性能力和令财产增值等现世功效不过是它本来功效的世俗化比喻。它原本的功用是唤起对失去王国的神圣回忆。

失去的王国，被诅咒的埃及。不过，正如本文开头说过的那样，在曼德拉草的传播路径上，埃及只是一个中继点。有一种说法，曼德拉草原本是波斯的魔法精灵。根据艾利冯斯·李维的说法，人类本来就是用大地上的泥土做成的，一开始就做成了根的形状。也就是说，最早的人类先以曼德拉草族群的形态群居于地下，其中的某人率先走到阳光照耀的地上世界，成了今日人类的祖先。从走到地上的那一刻起，他们就失去了地下世界这个原初的故乡。如果明白诗性的梦想已然失去，把地下的原初故乡想象成穴居人栖息的洞穴，而把曼德拉草一族想象成旧石器时代的先民就无甚不妥。

总之，作为食物，它是神奇食材，引导堕落成卑贱之身的旧日王族走上没有尽头的返乡追忆之旅。形态上，它是将会在明日重现的昨日王国中，王座上的王子那隐藏起来的、怪物一般的现在时形态。阿尔尼姆的小说里，操纵曼德拉草的一群吉卜赛人消失在寻找无人知晓的苍茫国度阿比西尼亚的路途之中。不过比谁都更了解曼德拉草原本象征功用的作家也许是马塞尔·普鲁斯特。《追忆似水年华》里的马塞尔·普鲁斯特一边品尝着他的曼德拉草——芳香馥郁的玛德莲蛋糕，一边朝着他曾经贵为王子的那个少年时代的王国，踏上没有尽头的归途。

机器人的谱系

与自然的人类相隔最远，栖息着怪物、畸形人、自动人偶、死者、天使的国度，自古以来就被认为不存在于此岸世界，而在其他星球。许多人认为他们的栖息地就是死后的世界，即月球。琉善[1]（公元2世纪）的《真实的故事》中出现了一个秃头、长须、胃袋下垂、假眼灵敏的月球人。鲁多维科·阿里奥斯托（1474—1533）《疯狂奥兰多》当中的月球世界对几种德性进行了纹章学式的处理。阿谀奉承被点缀在花环之间，人眼无法看见。被浪费的智力变成液体，储存在密封的瓶子里以免蒸发，每个瓶子上都写有主人的姓名。《闵希豪森男爵的冒险》里描绘的月球人没有男女之分，性别统一。在他们从核桃树上长出、从核桃里破壳之前，士兵、僧侣、学者等各自的职业就已经提前决定好了。这些月球人身高30英尺，每月只吃一顿饭，但吃得非常多。他们的头垂挂在胳膊下面，碰上旅

---

1. 琉善（Lucian，约120—180），罗马帝国时代的讽刺作家，以游历月球的奇幻短篇《真实的故事》及一系列对话集闻名。

行或者别的什么要事,就把头留在家里。这里的交通工具是秃鹰。长到一定的年龄,月球人就会在空中分解,消失不见。西哈诺·德·贝热拉克[1](1619—1655)的《月世界旅行记》里出现了巨大的金属蝗虫机器人,月球人掌握了射落飞鸟的特殊技术,可以边走边射杀、烹饪、调味。说起来,伊曼纽·斯威登堡[2]也在《宇宙中的诸地球》里幻想了栖息于各个星球上的怪物和精灵的奇妙形象。

自古以来,浪漫派诗人不断变换、颠倒地点上的意象,让地球上的怪物,尤其是其中的自动人偶移居到月球上。以 E. T. A. 霍夫曼的《沙人》、爱伦·坡关于肯佩伦男爵行棋傀儡的文章(《梅尔策尔的行棋傀儡》)、波德莱尔(波德莱尔构思过以"自动人偶"为标题的小说)、《未来夏娃》的作者维利耶·德·利尔-阿达姆,甚至卡雷尔·恰佩克[3]的舞台剧《罗素姆万能机器人》(1923)为肇始,现代描写机器人(robot)-人造人(android)故事的人造人小说不胜枚举,就算仅仅粗列一个单子,也足够达到一册书的体量。

我想先请大家留意霍夫曼之前的一位自动人偶故事

---

1. 西哈诺·德·贝热拉克(Cyrano de Bergerac,1619—1655),法国作家、哲学家。其著作《月世界旅行记》和《太阳世界旅行记》被视为科幻小说的先驱作品。
2. 伊曼纽·斯威登堡(Emanuel Swedenborg,1688—1772),瑞典科学家、哲学家、神学家和神秘主义者。
3. 卡雷尔·恰佩克(Karel Čapek,1890—1938),捷克作家。在著作《罗素姆万能机器人》里首次使用了机器人的英文"Robota"这个词。

的作家和霍夫曼之间的承续关系。这位让我在意的作家是让·保罗[1]。虽然普遍认为让·保罗对《沙人》的影响源自长篇小说《费克斯莱茵》附录里的童话《某天使之死》，但此刻出现在我脑海的却是他早期的作品《恶魔文书摘录》、收入《轮回》里的辛辣小品《仆役-机器人的履历》（1798年）、《赌徒和贵妇关于反对引进肯佩伦会说话的游戏人偶的请愿书》中的一些片段。《某天使之死》里，临终的天使进入死亡士兵的体内，彼岸世界的力向大地上的生物入侵，又重新返还到天上。这个诺斯底主义式的构想内藏着对霍夫曼作品的启发。在出现机器人的几部作品里，对于自古以来异世界故事中地点的颠倒就体现得更加明显了。《仆役-机器人的履历》和卡夫卡的《致某科学院的报告》一样，遵循"主人公从地球来到土星，向土星人报告之前地球的巴拉塔里亚岛上发生的事情"这样的形式，即土星上居住着自然的人类，而地球上居住着奇怪的机器人。

让·保罗的仆役-机器人的设想来源于艾尔伯图斯·麦格努斯把木偶当作奴隶使唤的传说。艾尔伯图斯·麦格努斯的木偶动起来时会发出恼人的金属噪音，扰人学习，于是他的学生托马斯·阿奎那[2]就把它们砸毁了。在

---

1. 让·保罗（Jean Paul，1763—1825），德国作家，德国浪漫主义文学的先驱。
2. 托马斯·阿奎那（St. Thomas Aquinas，约1225—1274），欧洲中世纪经院派哲学家和神学家。他是自然神学最早的提倡者之一，也是托马斯主义的创立者，其思想成为天主教长期以来研究哲学的重要根据。

让·保罗看来，若只破坏个一台两台，还不至于传得人尽皆知，闹到不可收拾的程度。

有这么一个装有笔记机关的机器人，这种笔记机关是根据肯佩伦的构想，由雅克·德罗制作，兼有维也纳约瑟夫二世宫廷里的书记人偶和古登堡印刷机的功能，拥有让修道僧这样从事抄写职业的人一夜之间全部失业的复写能力。机器人虽然还没有掌握九九乘法表，却能灵巧操纵牧师哈恩（Pastor Hahn）的计算器，也即"他虽无法像机器一样计算，却能够使用机器进行计算"。

有一种刮胡子的机器，是从约翰·格奥尔格·克鲁尼茨（1728—1796）的大部头著作《经济学-技术-百科辞典，以及国家、都市、家庭、乡土的经济》全二十四卷（1773年首次出版，1858年完结）中出现的奇妙机器"剃须马厩"里得到了启发。根据方舟版的注释，"剃须马厩是一种上部开了若干个洞的圆形建筑物，想刮胡子的人就把胡子伸进这些洞里。剃须马厩的内部有一匹马，马拉着水平的转轮做圆周运动，轮上的剃刀朝向各个方位。剃须马厩一分钟之内就能为六十人剃须"。赖默尔版全集的《轮回》注释里介绍的剃须机器比剃须马厩还要先进，不仅能剃须，而且能瞄准下颚这个胡子的策源地下手，瞬间解决后患，让人彻底不用担心以后脸上还会长胡子。

在肯佩伦的说话机器人这个大类底下，还有能在教会传道，在共济会的小屋里发表演说的机器人。餐前祈祷的时候可以使用一种叫作"祈祷小环"的东西，它别名邱莉托[1]，看起来很像小孩子玩的拨浪鼓，祈祷文字被卷进小环里附有可移动把手的胶囊中。《仆役-机器人的履历》的主人公是一位被称作"机器王"的国王，这位国王不读百科全书，不去图书库，只带着一批精通各种专业知识、精力旺盛的机器侍童。根据需要，侍童可以化身为化学专家、占星术专家、纹章学专家或康德哲学专家，用暗号传递讯息，以应对各种需求。像"罗马贵族拥有能够背诵荷马诗篇的奴隶"一样，机器王周围聚集了无数的机器侍童，所以他可以在料理国事时高枕无忧。

所谓图书机器，和阿戈斯蒂诺·拉梅利设计的水车型回转式读书装置其趣各异，更像斯威夫特笔下拉格多科学院里的轮盘式机械装置，通过文字的不断组合来创作图书。赖默尔版全集的注释里明确援引了阿塔纳斯·珂雪的编组圆轮、拉蒙·柳利的"大衍术"、风格主义诗人基林·库尔曼的组合之术，所以也可以说从塔罗牌的组合术一路发展到马拉美的书籍，隐秘哲学中"书之书"的观念在此通过了一个重要的中继点。

咀嚼机器是这些机器人中的杰作。最先出现在餐桌上的机器人，是1680年法国医生狄奥尼斯·帕潘发明的

---

1. 此处为日语音译，原文为キュリドゥ。

可以把兽骨软化成啫喱状物体的料理机器,又名"静默仆从"。在餐桌上,机器机关能做的事情很多。不过,它最初的设想源于我们人类不是"有生命的剥核桃机器",所以毫无必要使用咀嚼这样低级的功能。牙本来就是发齿音的器官,咀嚼的功能交给咀嚼机器就好了。咀嚼机器的32颗牙齿来自牙医和散落在圣人像脚边的被扔掉的尖牙、智齿和其他牙齿。牛排也好蔬菜也罢,通通来之不拒,一通咀嚼之后,呈放到汤匙上,再运到人的嘴边。但是,为了有助消化,还需要有人时不时在咀嚼机器运转的时候加入人的唾液,说起来也是挺麻烦的。

除此之外,还有不上发条也能生龙活虎(?)地运转八十年的行走时钟人,以及理发机器人和代替闹钟每天早上提供叫醒服务的女仆人偶。动物园里则被阿尔库塔斯(Archytas)造的斑鸠、约翰·缪勒造的鹫和苍蝇以及沃康松造的鸭子占据。因为不用担心饲料的问题,"饲育"它们也不费什么心思。音乐会上,沃康松和德罗父子造出的乐手们拿起长笛、按下琴键,进行一场只有纯粹机械音的大型演奏。

就好像是为了回应让·保罗天马行空的想象,各式各样的幻想机器层出不穷。不过,钢琴机器里却奇妙地混合了对孩童房间内游戏乐园的追忆和对机械文明的恐惧。与笔调轻快又充满讽刺意味的《仆役-机器人的履历》相比,《赌徒和贵妇关于反对引进肯佩伦会说话的游戏人偶的请愿书》明显呈现出阴暗绝望的气息。肯佩伦的行棋傀儡和会说话的头是其导火索，装有机器机关的人造人一旦量产，就很有可能夺去农夫和工人的工作。机械嗜好的蔓延使得贵妇们比一般人更容易把对动物的偏爱移情到笛卡尔所说的"造得好的机器"上。可以抱的猫狗、小鸟等宠物的爆发式流行让好色的男人们再无可乘之机。依靠镜片和指尖的灵敏度读出对手信息的赌博机器的出现，使得世上的老千们一夜之间变成无用之人。在一切都由机器代理、人类无须做任何事情的无为乐园里，不也藏着一个无一事可做、完全与外界隔绝的地狱吗？生活在18世纪的让·保罗已经预感到了《罗素姆万能机器人》《美丽新世界》里的恐怖场景。

完全隔绝！我们离霍夫曼和卡夫卡的世界仅有一步之遥了。现实变为触手不可及的不毛之地，梦和理型化身为狂热的憧憬。染上怪病之后，"沙人"纳塔内尔对着人类恋人克拉拉大骂"你这个没有生命、遭诅咒的自动人偶"，却反过来以超出对生者的热情，像崇拜女神一样热爱着死物的自动人偶奥林匹娅。过去曾经亲密的日常生活里的人事物，一夜之间如闹剧电影里的延时摄影分镜，被投入无意义却又热闹地运转个不停的关节人偶世界。正如卡夫卡的《变形记》和《城堡》，又如杜尚用大玻璃制成的作品，内面和外界的关系完全颠倒，无生命的物体到处活动，有机物逐渐凝固成坚硬的固体。绝对孤独的人——无法迎娶现世新娘、永远遭到诅咒的单身汉的凄惨形象渐渐浮现。对异世界的地理意象的逆转在这里表现为地面上的二重性。话虽如此，但在纳塔内尔的玻璃眼珠看来，地上的一切存在不过都是无意义地运动着的"没有生命、遭诅咒的自动人偶"。这对玻璃眼珠诞生于这样一种感觉：他不应在此地，他不过是运气不好，遭到流放，被迫离开那个位于其他星球、充满净福的真正原乡。也因此，纳塔内尔以一种否定的姿态重拾起对已经失去的黄金时代的追忆。如果想更加简洁明快地了解其间的信息，除了《沙人》，更应该读读霍夫曼晚年写的童话《四大精灵》。《四大精灵》里没有出现自动人偶，但却出现了更为古老的卡巴拉预言人偶"Teraphim"和在它的指引下现身的火之精灵沙罗曼达[1]。

我在之前的文章里略微提及过在圣经中屡次登场的预言-护身符人偶 Teraphim（《怪物的制造法》）。虽说 Teraphim 是新生儿的头部木乃伊化之后制成的神像，所以个头不大，但《四大精灵》里的 Teraphim 却小得惊人：长约 2 英寸，恰好能藏到手掌里。这尊 Teraphim 神像是恶魔、吸血鬼般的阴暗男子欧马利少校用世上未闻的奇怪方法改造一面金属镜子制成的，沾上了主人公军官维克托的血，

---

[1] 沙罗曼达（salamander），在中世纪欧洲的炼金术和地方传说中，是代表火元素的元素精灵。下文出现的西尔芙、温蒂妮、诺姆分别是代表气、水、土的精灵。

这血是从刺中维克托左胸的小刀上滴下来的。我将详细引用这个情节的段落。文中的"我"指的是在友人阿尔伯特面前回顾事件经过的维克托。维克托被欧马利少校带到一间化学工厂，在那里胸口被刺。

> 我已经迅速察觉到异样，不过少校还是在那之前把柳叶刀拿到手上，切开了我的左胸。几滴血从小得难以辨别的伤口滴落，被他用一只小烧瓶接住。然后，他取过一块磨得和镜子一样闪亮的金属板，先在上面浇上另一个烧瓶里血一样的红色液体，接着取过盛满我的血的烧瓶，把我的血也浇在上面，又用钳子夹起金属板，放在火炭上烤……少校命令我集中精神凝视那团火，我照做了。接着，我好像做梦一样，感到魔法师和被放在火炭上炙烤的金属板中朦胧出现的几种形象缠绕在一起，隐约发出亮光。突然，我那被魔法师撕裂的胸部感到一阵可怕的刺痛，几乎令我大叫起来。就在这时，高喊着"完成了，完成了！"的欧马利从椅子上起身，原来炉子上的那块金属板已经变了模样，化为一个高约2英寸的微型人偶。"这个，"少佐解说道，"就是你的神像（Teraphim）了。"

这样制成的"Teraphim"被当作有魔力的护身符使用。根据欧马利少校的说法，维克托被美丽的女精灵沙罗曼达恋上，Teraphim 是召唤出沙罗曼达的道具。这种精灵召唤在文学史上也有伏笔。在之前的情节里，对维克托而言如同导师的引诱者欧马利把他带到某个已是废墟的地下室里，向他展示了精灵召唤的仪式。这个场景明显继承了雅克·卡泽特（1719—1792）的《恋爱中的恶魔》（1772年出版，德文译本于 1780 年出版）里在废墟进行的恶魔召唤仪式，可以推测，欧马利正是读了卡泽特的作品，然后厚起脸皮模仿了其中的仪式，并以此行骗。这部作品里还能看到不少《恋爱中的恶魔》的影子：维克托也偶然地读到了卡泽特的小说，第一眼就疯狂爱上了作品里的美女恶魔比翁得塔。维克托本就是一个堂吉诃德式的人物，比起现实更容易受到虚构这面现实之镜的感召。他之所以会因为废墟的场面而被欧马利的魔法欺骗，也是因为读了席勒的《看见鬼魂的人》之后对怪异的现象变得异常敏感。

"冷汗，"他想起了当时奇异的体验，"似乎滴落在额头上。我拼命地想要振作起来——就在这时，划过一声足以穿透整个地下室的响动，有某个东西忽然出现在我的眼前。"

但是这里的"某个东西"还没有特定的形态，不过是异世界的亡灵把维克托的恐怖情感当成依靠，把不成形的幻影投到外界而已。但是当维克托在书里遇到比翁得塔这个虚构的女性后，外界和内面的关系就发生了逆转。和

《沙人》的纳塔内尔一样，"除了魅惑的比翁得塔之外，他看不见，听不着，也感受不到"，因为现实中无论哪个女性"看上去都在嘲弄自己内面的比翁得塔的形象"，所以通通惹人嫌恶。皮格马利翁情结！从骑士故事中幻想出杜尔西内娅而完全舍弃现实的堂吉诃德明显可以看作维克托的原型。值得注意的是，维克托认为比翁得塔完全是"从镜中走出的女子"："卡泽特的童话对我来说，几乎就是一面能照出我命运的魔镜。"

回到之前的话题，维克托对比翁得塔煎熬的热情，一遇上欧马利少校造出的召唤沙罗曼达的神像（Teraphim）就云消雾散了。因为比翁得塔说到底不过是虚构故事里的女性，召唤出沙罗曼达的神像好歹是用镜片状的金属板制成的实在之物。

但是，当维克托日夜凝视桌上的神像时，却奇怪地受到另一种感情的折磨。他怀疑自己受激愤的驱使，想要丢弃这个可笑而凄惨的玩具人偶，于是把它一把抓到手上，却忽然感觉到一股战栗，如电流穿过周身。他感觉到，"如果舍弃这爱的护身符，最终遭破坏的将是自己"。为了逃脱这魔性的神像，他找上高级妓女，半夜走进妓女的房间。在那里，他又由内而外地感觉到一种"无形"的视线。换言之，他无法被现实中的女性吸引，却始终被他憧憬的"来自彼岸的光"照耀。这里明显也是《沙人》里人偶奥林匹娅的眼睛的一个变体。总之，当他在这之后回到自己的房间时,他感觉到放着神像的桌子上坐着一位单手托腮,睡得香甜的女子。她一头红发,穿一身火焰般的衣裳,拥有让人神魂颠倒的美貌。这便是他的沙罗曼达——欧若拉。但可悲的是,一旦拥抱欧若拉,她就会在人的臂膀中融化。这是因为,欧若拉不是实际存在的女性,而是他的"作品"。霍夫曼的研究者彼得·冯·马特写道:"这份美是他的作品,正因为他的青涩,这种美才能在他的作品里不断增殖,得以延续。"然而,如果美的虚构性和意欲构筑起它的造型意愿的空洞被看穿,没有肉体的恋人就会消失,重新回归到"像"。但与此同时,被束缚在镜子地狱里的"他的生命却向着自由和实现的轨道而去"(《自动人偶的眼睛》)。

在这个构图里,《沙人》的纳塔内尔追求着没有结果、绝对得不到现实世界回应、没有实体(活人)依据的爱,被自我的女性投影阿尼玛的破坏性力量(这股力量终究会毁坏自己)击垮。而在晚年的诸作品里,霍夫曼则描绘了在阿尼玛诱惑的试炼进行到高潮时忽然得到启示,从而得以返回现实的奥德修斯式的经历。在晚年写下的童话《布拉姆比拉公主》的结尾,他还加上了一段表现隐得来希的话:

> 永远的、强盛的、美丽的乌尔达国啊!
> 泉水清澈如镜,闪闪放光,

魔灵诅咒的锁链被碎成万段！

伴随着这个咒语，分裂成两人的吉利奥又重新合体变成一人，和恋人贾钦塔一起顺利地离开了镜之国度乌尔达。

《四大精灵》的结尾处，充当神像（欧若拉）这一角色的其实是庄园女主人，她掩藏战场负伤的维克托并把他带到人迹罕至的庄园里照顾。这位男爵夫人在维克托高烧时做的噩梦里暂时变身为一位"拿着一大串钥匙，胖得滚圆的矮小家庭主妇"，其含义不言自明：从欧马利少校的魔法里解放出来的神像是一位刚毅的妇人。

我们应该把这种转变看作一种隐得来希，还是看作一个表达内面的死使人向着庸俗堕落的故事？这需要一番仔细的考量。彼得·冯·马特把这位变形为神像的家庭主妇和看着"所有女人一个接一个地变成神像"的唐璜放在一起对比，分析了狂热之后的幻灭的构造。《四大精灵》里识尽女色却始终踌躇的维克托，其实也是 19 世纪文学最重要的典型形象——"时而如雷雨般狂暴、时而如秋日般温和的单身汉"——的一个表现。

"我感受到这人世间至福的那个时刻——当我把最甘甜、恍惚的梦中理想，对，就是我把爱抱在怀里的那个时刻，已经再也回不去了。对于我内心深处最隐秘的情感来说，当这个惊人的秘密把在这世上无缘再度遭逢，犹如存在于更高次元的女性从我身边夺走时，我就再也没有寻回爱和快乐！"——于是，维克托上校终生未娶。

《四大精灵》的这个结尾带着一点毕德麦雅[1]式的感伤，也带着狄奥多·施笃姆[2]（1817—1888）《保罗和木偶》（1873年出版，日文版题为《木偶艺人》）的残响。经年累月，曾经在魔法的光辉殿堂里牵引着人们的视线，使人血脉偾张、狂热兴奋的人偶剧场里的一尊尊人偶们，被转售给孩童和旧道具商店，被当作玩具拆得七零八碎。作为美好时代的见证者，保尔森和莉泽把木偶全盛时期的回忆藏在心里，走下舞台，走入无名的市民大众。把维克托上校孤独的单身生活和保尔森夫妇的遁入无名并列在一起，未免有些草率。不过，施笃姆又通过以"向着官能美这一恶魔原理的良民般的耿直，以谦虚为表现的屈服"为主题的作品《旋涡》，表明他通晓恶魔式存在的魔力。那么为什么能断言霍夫曼不知道它的反面呢？

---

1. 毕德麦雅（Biedermeier），指德意志邦联诸国1815年（维也纳公约签订）至1848年（资产阶级革命开始之间）的历史时期，现则指代文化史上的中产阶级艺术时期。在文学方面，以"袭旧"和"保守"为特色；文学家普遍遁入田园诗，或投入私人书写。重要诗人有让·保罗、歌德和约翰·彼得·艾克曼等。
2. 狄奥多·施笃姆（Theodor Storm，1817—1888），19世纪德国现实主义文学最重要的作家之一。

马特写道：

> 对于维克托来说，即便在未来，内面的能量也可能冷不防地再次爆发，日常生活中的任何东西都可能变成他的神像。这种预期自然是在计划之内的。然而，这种想法对于霍夫曼定义的遭遇挫折的人来说，比起多大程度上存在被完好保护起来的生活样态这一事实，还是显得太不重要了。

在霍夫曼之前，法国17世纪的隐秘学者蒙福孔·德·维拉尔叙述过用人偶形态出现的神像联结起人与四大精灵的魔法。我在另一本书（《玫瑰十字的魔法》）里，已经阐述过蒙福孔·德·维拉尔上承帕拉塞尔苏斯《妖精之书》的作品《加巴里斯伯爵，及关于秘密科学的对话》（以下略称《加巴里斯伯爵》），所以这里只略述和神像（Teraphim）相关的部分。根据维拉尔的说法，如果能自在地和化身为火、气、水、土的四大精灵——沙罗曼达、西尔芙、温蒂妮、诺姆往来，便能在炼金术的作业中得到巨大的助力。这时，把弥漫在空气中的精灵像聚光器一样捕捉起来并用以联结人类——这精灵和人类之间的媒妁就是神像，古代传承下来的魔法-占卜的功能也就变得容易理解了。

熟读赫尔墨斯相关研究文献的霍夫曼也读过维拉尔

的《加巴里斯伯爵》。不消说,《四大精灵》的源头正是维拉尔的这部对话体散文集,如果再加上与《加巴里斯伯爵》存在千丝万缕联系的雅克·卡泽特的作品《恋爱中的恶魔》(有一种说法是,卡泽特是在完成《恋爱中的恶魔》之后才读到维拉尔的作品的),《加巴里斯伯爵》对《四大精灵》的影响就十分明显了。对于霍夫曼另一部同样有沙罗曼达出场的小说《金罐》,《加巴里斯伯爵》也迂回地施加了决定性的影响。霍夫曼在1813年8月19日写给友人昆茨的信里写道,《金罐》一开始的构思就从维兰德的《比里宾克王子的历史》中得到灵感。马特表示,洛可可风格诗人维兰德的这个故事"带着直言不讳的讽刺意味,把加里巴斯的自然-四大神话学尽可能地和理性联系在一起,与神话为敌,纯属恶趣味"。霍夫曼却以早期浪漫主义(诺瓦利斯、G.H.舒伯特)的神秘自然哲学为依据,把维兰德再一次还原为原型,也复原了已经滑稽化了的《加里巴斯伯爵》的精灵论。

蒙福孔·德·维拉尔的《加里巴斯伯爵》可以被囊括到帕拉塞尔苏斯及其一派的理论之下,霍夫曼发表其处女作(1809年)的两年前,穆特·福开(1777—1843)又一次回归到帕拉塞尔苏斯的精灵论这个源头,写下《水妖记》。他这样写道:

> 我最初的艺术缪斯予我最昂贵的馈赠,诞生于

那亲切而又令人赞叹的德奥弗拉斯特·帕拉塞尔苏斯的神秘工房（四大精灵论）。

顺带一提，穆特·福开是霍夫曼十分尊敬的一位作家。

那么，由让·保罗、卡泽特、维兰德、维拉尔过渡到帕拉塞尔苏斯，甚至回溯到卡巴拉秘法和诺斯底主义思想，这趟对霍夫曼精神谱系的探索，到这里不得不暂告一段落了。最后，以《塞拉俾弟兄会》（*Die Serapionsbrüder*）中借鉴了肯佩伦人偶形象的插叙《自动人偶》中的人物对话来引出下一章节的内容。

> 栖息在我们内里的音乐，到底是不是如同深藏于自然之中，仅能凭高级、深远的感觉探求的秘密一样，是被掩藏起来的音乐以外的其他东西？

这个藏在我们的内面之中，时不时找到狂热的憧憬对象并通过它与天上的故乡联通——这"被掩藏的秘密"，不正是诺斯底主义所说的彼岸的"丰盛之光"（pleroma）吗？遗憾的是，这个被掩藏的秘密无法和现实世界的诸相和谐相处。被掩藏的本质与现象的不一致，在霍夫曼的作品里以讽刺和母题的形式表现出来。自动人偶和分身的形象也是由这种不一致生出的讽刺的产物。

如果诸位还没有对形而上学式的原型探寻感到厌烦，就请聚焦霍夫曼生命中真实存在过的一位少女吧。1910年，时年三十四岁的霍夫曼热烈地恋上了十四岁的少女尤利娅·马克。尤利娅第一次和霍夫曼见面是在这年的两年前，也就是尤利娅十二岁的时候。少女最后还是听从母亲的命令，嫁给一个典型的庸俗商人。这份已入禁区的爱，必然会助长作家的皮格马利翁情结。由于无法接触现实中的尤利娅，被压抑的爱发生变形，一个尤利娅人偶的"作品"想法在他的头脑里蠢蠢欲动。少女-人偶之爱的性癖随后悄悄地在他心里扎根。晚年的霍夫曼向他的挚友兼传记作者希齐希的小女儿玛丽·希齐希讲述自己写的童话故事，而这个少女也离奇地于1822年1月，也就是霍夫曼去世的几个月前死去。

与霍夫曼同时代的人中有不少少女崇拜者。例如追随索菲·冯·库恩早逝的女儿而去的诺瓦利斯、娶少女弗吉尼亚为妻的爱伦坡、向十二岁的少女求婚的罗斯金和路易斯·卡罗[1]。这份在青涩少女身上遭遇挫折的爱，在凄冷的灰烬中，为大理石或金属的皮肤披上铠甲。但它比现实中的任何女人都要美丽，饲育着对人偶一样的女性的憧憬。

---

1. 路易斯·卡罗（Lewis Carroll，1832—1898），英国作家、数学家、逻辑学家，以儿童文学作品《爱丽丝梦游仙境》闻名于世。

皮格马利翁之恋

她大概会以机器装置的身份继续活下去吧。她是吃肉的机器,既不会老,也不会死。

　　　　　　　　　　　　——勒·克莱齐奥《战争》

据奥维德[1]的《变形记》的记述,塞浦路斯国王皮格马利翁轻视了女神维纳斯的神性,惹怒了女神,于是成为情欲的俘虏。他舍弃羞耻心,嫌恶卖春的阿马苏斯女神们(即普罗波缇黛丝),而用雪白的象牙"雕刻出一具自然的鬼斧神工也无法企及的美丽女体"。皮格马利翁和雕像接吻,把她放到红色床褥上,和她同床共枕,时常爱抚,简直把雕像当成是真实存在的少女,献上贝壳、小鸟、花草等礼物。还为她的手指套上宝石戒指,耳朵戴上珍珠耳环,脖颈戴上长长的饰物。到了维纳斯祭祀的那天,皮格马利翁在祭坛前叩拜,向女神祈求赐予象牙少女生命。维

---

1. 奥维德(Ovid,前43—17/18),奥古斯都时代的古罗马诗人,与贺拉斯、维吉尔并称为古罗马文学的三位经典诗人。

纳斯把表示"同意"的印章放在火上灼烤三次,让火苗一直腾跃到空中。随后,这位塞浦路斯国王回到家中,与卧床的象牙少女接吻,奇妙的是,他立刻从人偶的身体里感受到一股模糊的暖流。

> 他又吻她一次,并用手抚摩她的胸口。手触到的地方,象牙化软,硬度消失,手指陷了下去……(中略)不错,果真是真人的躯体!他的手指感到脉搏在跳动。这位帕福斯英雄连连感谢维纳斯,又去吻那嘴唇,这回是真嘴唇了。姑娘觉得有人吻她,脸儿通红……

(此处中译参照杨周翰译本)

就这样,皮格马利翁在女神维纳斯的见证下娶了转生的少女雕像为妻,少女十月后诞下一女,取名帕福斯。

皮格马利翁的传说还有另一个版本。在这个版本里,皮格马利翁爱上的是表现维纳斯(阿佛洛狄忒)崇拜的雕像。他对维纳斯雕像的爱胜过对任何现实中的女人的爱。于是,女神维纳斯被他的热情打动,让自己的雕像活过来并下嫁给皮格马利翁。在传说的谱系里,恐怕这个版本出现得更早一些。不过不管是哪一个版本的故事,都和塞浦路斯岛上盛行的维纳斯崇拜有关。

希腊人动不动就会陷入对人偶-雕像的恋爱之中,这大概要归因于他们高度发达的视觉感受。希腊人常用微妙的彩色装点"雪一样白"的大理石像的肌肤。在他们的造型感受中，早已存在向皮格马利翁情结发展的倾向。公元2世纪，安德罗斯岛的智辩家奥诺马尔库斯发表了题为"爱上雕像的男人"的演讲，其中有如下段落：

> 啊，从没有生命的肉体之中生出的怜爱啊，是怎样的神起初把你造出？创造出你的怜爱的，是代表生殖力的女神？是你的优美？抑或是厄洛斯？因为，容颜的神色也好，蔷薇色的肌肤也好，凌厉的眼神也好，让男人心神荡漾的微笑也好，鲜花般的双颊也好，听我讲话时的神态也好，你完全具备，无一欠缺。你的声音如在耳畔，恐怕有一天，你的声音将在现世响起。只是那时我已长眠。啊，这没有生命的冷淡女人呵！对恋爱中的真诚男子无动于衷！你不曾赠予我一字一句，让我不禁想要为美丽的女人念出最是可怖的诅咒：我祈祷，祈祷你快步走向衰老。

对维纳斯不可撼动的神的无时间性，奥诺马尔库斯的演讲丝毫没有展现出皮格马利翁那样悠然与神交流的豁达。即便维纳斯像这一神话原型曾轻易地进入到世俗意义上的时间之中，即便在维纳斯的加持下转生的象牙人偶诞下了子嗣，在那里，神明们那用黄金筑成的无时间世界轻柔地包裹起世俗世界，犹如一次恬静的小憩。夏娃诞生于亚当的肋骨，同样地，皮格马利翁用兽骨造出了用于生殖和繁衍后代的装置——女性，而且它将必然走向衰老。即便如此，我们仍能从他与这一成品的性关系中感受到一种干燥的明快感，如同天真的孩童与自己的玩具嬉戏。但是，奥诺马尔库斯却带着已经识得时间腐蚀性的人类对天上无时间世界的嫉恨，把阴暗的诅咒一股脑地发泄出来。从琉善（2世纪）《真实的故事》里，富人和穷人分别用象牙和木头制造出"让各自快活的人造性器"，从这种月球人形象中也能体察出类似的情绪。皮格马利翁那被祝福得到完整生命的人偶，就这样被时间的分裂之力解构得支离破碎。性器竟然成为一个孤立的部分，于是后来也就出现了"娼妓人偶""旅之彼岸"与性爱娃娃这样淫猥的性爱人偶。

皮格马利翁主义从原本对真实这一原型的赞叹和崇敬，以及柏拉图式的爱的童贞，转变为专属于在卑下的妓院里对着毛发浓密的橡胶人偶感激涕零的变态者们、潜在的恋尸癖们、人偶恋物癖们淫邪的喜悦。如同江户川乱步在《非人之恋》里表现的一样，人明显是在社会生产中固有的时间的概念（母亲索菲亚的天上世界无时间性的拙劣仿造物）介入之后陷入"非人"的处境的。在皮格马利翁传说中登场的塞浦路斯岛卖淫女普罗波缇黛丝，大概是以前在维纳斯神殿卖春的巫女的世俗化形象。与生育无涉，且患有性欲缺乏症的卖淫女正是名副其实的有生命的人偶。皮格马利翁之所以厌恶普罗波缇黛丝，不是因为她们做着卖淫的生计，而是因为她们的卖淫与神失去了联系。娼妓那冰冷的肉体和绝对的被动性原本和雕像并无二致，都是天上的无时间性的譬喻。但她们却逐渐为性加上了人造的色彩。根据约翰·科恩的说法，"16世纪之前，东方文化中的寺院卖春之事就已经层出不穷，人们用木、石、象牙等做成的林伽（男根模型）进行仪式性的破处"。人工阴茎（godemiché）、假阳具（olisbos）、假阴茎等女性自慰器大概也都有一个仪式性的起源。正如少年在玛利亚像面前自慰一样，少女在把性依附于近亲男性（父亲）的同时，开始沉溺于用器具进行阴蒂自慰。然而，或早或晚，这种孤独的快乐会遭禁止，为了生育并繁衍后代，她将不得不离开父亲的依靠，接触其他男子的性器。童年时期的器具从此和生产社会隔离，被放到祭坛之上，以男根神像的形象出现，在世俗不可触及的地方受到祭拜。

随着生产社会规模的扩张，神像的安置地点从祭坛转移到妓院，说起来圣器商店和性器商店还是谐音。巫女变成娼妓，狂热的偶像崇拜者变成罪犯和变态。现代德语里的"卖淫"一词"huren"同时也有"礼拜偶像"的意思。洁净的额头一旦浸过时间这个黑色的污染源，圣性便向着卑贱堕落。弗洛伊德发现了这种恐怖靠近被掩藏的本源。对人偶和雕像（尤其是等身大的那些）过度的迷恋中，不可思议地混淆着惊悚和宗教式的情感。比如，乱步的《非人之恋》里，主人公每夜都要偷偷去看仓库里的人偶。如果不考虑门第继承这样生产社会的道德观念，他的行为和百次参拜的信仰家们内心的伦理洁癖简直如出一辙。

乱步的主人公们把幼儿时期的性欲带到了成人时期，大众普遍认为他冥顽不灵地停留在生产社会之前，于是喊他作"非人"。然而，谷崎润一郎的《钥匙》、川端康成的《睡美人》和《一只胳膊》里的老人们因为已经被排除出生产过程之外，便把目标锁定在率真、天真烂漫、体态僵硬的睡眠中的少女，她们是老人性欲的对象。她们因为那绝对的被动性被划归神圣娼妓的同类。幼童和老人都相对地远离生产过程，于是也就避免了时间的污染。假设那话儿仍能正常运作的现役选手，也即有劳动能力的青中年男人像爱慕少年少女一样迷恋人偶和器物，像老人一样公然偷窥或者耽于器物之爱（收藏古董、摆弄盆栽就是轻度的症状），那他们保准会立刻被扭送到监狱或者精神病院。

塞浦路斯国王交了好运，受到维纳斯的祝福，柏拉图式的纯粹理型拥有了鲜活的肉体，闪耀着金色的光辉；郊区的小巷深处，形迹可疑的男子长时间伫立在"大人玩具铺"的橱窗前，散发出暗黑的气息。历史是在什么时候切换了这照明的色彩呢？请记住，直到 16 世纪，男根模型还是带有仪式意味的圣器。原本起源于情欲的自动装置完全脱离了和岿然不动的神的联系，堕落成生产社会的奴仆。接着，它又失去了与玩乐和性意味的联系，用突然冒出来的大批女工代替了娼妓，这是能急速加快时间流逝的自动装置被发明之后发生的事，也即第一次工业革命之后。所以，在18世纪之后，对皮格马利翁情结的价值评判发生了激变。

以下的叙述可能会和上一段先提到的结论有些矛盾，对于皮格马利翁雕像的礼赞和假阳具的普及度相互映照，在18世纪后半叶达到了前所未有的高度。作为假阳具流行期的典型作品，奥诺雷·米拉波在小说《揭幕，职责的教育》（1786年）中描绘了贵妇们的性道具，这种精巧的银制性器与自然的男根几无二致。这种性器中间被掏空，外侧被磨得锃亮。其中藏有和龟头相连的细管，细管周围注满温度和体温相近的水。在摩擦的过程中，水温渐渐上升，细管就会模拟射精。

另一边厢，这一时期的戏剧舞台和小说被皮格马利翁主题填满。根据昂塞版《人造人》的编者克劳斯·弗尔克尔的报告，皮格马利翁传说近代第一次被搬上舞台的时间是1700年，地点是巴黎歌剧院，剧目是乌达尔·德·拉·莫特的《皮格马利翁》（音乐：拉瓦勒）。这出歌剧是芭蕾舞《诸艺术的胜利》的一部分，首演时几乎没有产生任何影响。但是，1730年的工业革命以后，公众的喜好发生了翻天覆地的变化。德·拉·莫特的歌剧经过巴洛·德·索沃的改编，配上让-菲利普·拉莫重新制作的音乐，于1748年再度登上舞台，旋即得到公众的追捧。有趣的是，虽然也没有那么理所当然，不过让-雅克·卢梭也是德·拉·莫特原作的改编者之一。

1762年，卢梭改编了德·拉·莫特有些曲高和寡的剧本，把它变成一出带有戏谑意味的抒情歌剧。作曲者原来只有卢梭一人，后来考涅加入，两人一同创作。这个剧本于1771年在维也纳付梓，并配有德文翻译。从那以后，改编者和抄袭者就层出不穷。其中最有名的是古斯塔夫·弗里德里希·威廉·格罗斯曼的《皮格马利翁，改编自法国原作的一幕喜剧》（1776年）。格罗斯曼的喜剧借鉴德·吉弗里的散文喜剧，加上法国原作等内容作为附录。根据克劳斯·弗尔克尔的概括，格罗斯曼《皮格马利翁》的情节大致如下：

整出剧是对洛可可式沙龙恋爱的讽刺。雕刻家皮格马利翁厌恶沙龙里三心二意的贵妇们，他和其中的一位贵妇达耳达努的恋爱也迟迟没有结果。于是他开始觉得，与其这样，还不如去和自己雕刻的女性雕像恋爱。他的徒弟卡利斯通则完全不能理解他的想法，因为世间的男人都争着抢着让雕刻家们"为自己的情人雕刻大理石雕像"。但是，众神感受到了皮格马利翁内心强烈的渴望，于是派遣爱神阿莫尔（Amor）下凡。雕像中了阿莫尔的箭，马上有了生气，变成一位名叫伽兰蒂斯的美少女。可一旦活动起来，伽兰蒂斯就像一幅诠释"轻浪浮薄"这四个字的画儿似的，迷倒了一个又一个男人。震惊不已的皮格马利翁恍然大悟，既然都是轻薄，那还是自然的女子要好得多。他痛定思痛，又回到达耳达努身边。另一边，徒弟卡利斯通拿了国王给的陪嫁钱，和活过来的雕像伽兰蒂斯喜结连理。两边都是大团圆的结局。

卢梭和格罗斯曼的讽刺对象表面上是洛可可风的轻浮的沙龙恋爱，实际上却并非如此。他们真正的目标是当时流行的孔狄亚克[1]一派的感觉论。孔狄亚克在《感觉论》（1754年）中举了一个例子：如果感官渐渐变得发达，雕像就会渐渐变成人类。他借此说明，正是经由感官的陶冶，蒙昧的肉体才逐渐具备了各种思考的能力。这具敏感的雕像虽然是用大理石做成的，但只要接上感官的导管，加以训练，就能学会思考、掌握技能。也就是说，并不存在与生俱来的素质和本能，只要经过教育，（雕像般的）人也能找到自己的方向。

如果把孔狄亚克的见解转译成文学语言，也就是以靠着教育者的努力，未经世事的少女被教育成不被沙龙的淫邪风气污染的贞洁女性为主要情节的故事了。虽说时间的跨度比较大，孔狄亚克的确从他扎根的启蒙主义潮流的土壤中，发掘出了属于他的皮格马利翁故事。还有布罗-德

---

1. 埃蒂耶纳·博诺·德·孔狄亚克（Étienne Bonnot de Condillac，1715—1780），法国哲学家、认知学家。他研究的领域涉及心理学与思维哲学。

朗德（Boureau-Deslandes）《皮格马利翁，或转生的雕像》（1742年，公开时匿名）和它的德文版改编，即约翰·雅各·博德默的《皮格马利翁与埃莉斯》（1749年）。布罗-德朗德的原作和博德默的改编在内容上有些许出入，通读一遍后者，会发现皮格马利翁不仅雕刻出优美的女体，对雕像的情操教育也颇见成效，对皮格马利翁以外的男性，雕像看也不看一眼，宛如一位贞洁的女性。隶属于这个系统的作品还有卡尔·伊梅尔曼的《新皮格马利翁》（1825年）和萧伯纳那部结尾稍有些讽刺的《卖花女》（希金斯教授对卖花女伊莱莎进行了完美的教育，却没有和她发生关系）。

陶冶感官，使其向着某些确定的方向发展，以反拨洛可可风卖弄风情的感官放纵，培育情操贞洁的女性。这一计划归根到底只会造出欠缺主体性的、被动的性爱奴隶。盲目地忠实于一人的贞女也好，委身于万人的娼妓也罢，都体现了绝对的被动性，其差别难以辨认。格罗斯曼的讽刺剧意欲突出的正是这一矛盾。18世纪的皮格马利翁像萨德侯爵一样无法直视这一矛盾，于是不得不放弃他的作品，接盘的是以陪嫁钱为目标的徒弟卡利斯通，这一点也是意味深长。洛可可时期的贵族们无法解开的"纯洁-淫荡"的两义性之谜，被抛向手里攥着资本的第三等级。

对于乐天的进步主义者们来说，皮格马利翁的雕像也许可以看作以教育和启蒙推动女性解放的象征。对于作家们来说，却不如说是宣告了他们的作品和外部世界之间、艺术家和现实社会之间惨痛分裂的雅典娜的不祥使者。在表现主义戏剧的巨匠乔治·凯泽的《皮格马利翁》（1944年）中，创作作品的人和享受作品的人的分裂在各个场景中被残酷地揭露。神话里皮格马利翁制作美女雕像，沉浸于与雕像共处的喜悦之中，这样的场面没有出现。在凯泽的作品里，雕刻家皮格马利翁恳求女神雅典娜把自己制作的雕像变成活人，可愿望刚一实现，普罗大众马上对皮格马利翁充满敌意。赞助人们要求皮格马利翁把作品上交，他被传唤到法庭。另一边，活过来的雕像则被卖到妓院。就算皮格马利翁费尽唇舌说明情况，也没有人真心接受。知道那是一尊会活动的雕像的只有皮格马利翁和一些匠人，对于公众来说，她就只是一名娼妓。雕像一旦完成就成为"商品"，容不得他置喙。创作者再无缘享用他的作品。

费尽心力造出的美女雕像被出入于各式沙龙的好色男子霸占。如果说格罗斯曼笔下的皮格马利翁宣告了创作者们在工业革命之后的宿命，乔治·凯泽则用一种艺术家小说的形式，用生产社会里艺术家不治的孤独症的证词重申了这种宿命。在18世纪的皮格马利翁故事与现代之间出现的作品，如以霍夫曼的《沙人》和利尔-阿达姆的《未来夏娃》为代表的众多自动人偶故事，也在创作者纯洁的爱和被客体化的作品随意委身他人的商品性所构成的恶性循环中进退两难。

18世纪皮格马利翁主题作品流行的原因还有对卢梭"高贵野蛮人"理念的憧憬。吸血鬼、唐璜、弗兰肯斯坦的怪物和哥连都被看作是不受文明污染的野性自然人。不过，和皮格马利翁的雕像一样，对他们抱着乐观的想法，或悲观地认为他们藏着不祥的破坏能力，让这些"高贵野蛮人"的形象被明确分为好坏两派。作为19世纪社会的局外人、多余的人，艺术家这一分裂的自我意识的主体，也即"高贵野蛮人"的两义性，是将表现主体内面化的结果。例如，丹尼尔·笛福《鲁滨孙漂流记》里"星期五"的形象是个被驯化的、可以随意差遣的奴隶，但要说他与艾尔伯图斯·麦格努斯用木头、金属和橡胶制成的哥连有什么不同，也就只有组成后者的材料中没有一丁点肉与骨的成分。虽说"星期五"有语言和思考的能力，但因为不懂英语，所以对于鲁滨孙来说，他和文盲一样，就是白板一块。他人如其名，总在星期五出现，这个设定也是意味深长。卡巴拉文化里的哥连一到星期五就暂时从辛苦的服务和劳动中脱身，变回土块，可以一直休息到星期一的早晨。笛福希望通过教育把"星期五"变为甘当侍主奴隶的哥连（野蛮人）。然而，在笛福的乐观背后，玛丽·雪莱夫人的弗兰肯斯坦的怪物旋即现身。众所周知，这个以伽凡尼电流驱动的怪物一开始被弗兰肯斯坦博士设想成服侍主人的奴隶，同哥连一样。至此，弗兰肯斯坦的怪物和笛福的"星期五"还毫无二致。怪物一开始也是被设定为对人类友好。他们之所以会对人类怀有敌意，不是因为他们身上存在着什么恶的因素，而不过是出于对被时间污染的文明人的利己主义的愤怒，出于一种专属于"高贵野蛮人"的天真。

相同的逻辑也可以用于解释皮格马利翁的雕像。皮格马利翁在无时间的爱之仙境里和雕像游戏时享受到的幸福随着雕像的转生——也即时间的介入——而立即被污染，作为被标价的商品遭到无限分割，变成冷酷的淫妇身上淫猥的、反社会的悦乐。作家们描绘了这个堕落的过程，但绝不只是一味叹息、奏着怀旧的挽歌。相反，他们在颓废之中发现了神性的存在，这些把妓院当作神殿崇拜的世纪末诗人恰恰是在污浊而卑贱的娼妓身上复现了皮格马利翁雕像的光辉。在我看来，皮格马利翁故事的最后一环是波莉娜·雷阿日的《O娘的故事》。O小姐本是一个男人贞洁的恋人，却因为接受了与孔狄亚克式的纯洁教育完全相反的邪恶教育，而变成人尽可夫的娼妓，陷入绝对的被动。最后，她被拷上锁链，戴上猫头鹰的面具，绑在月光下的庭园台座上，犹如一尊石像。猫头鹰的面具！O小姐把雅典娜的这件附属物戴在头上绝非出于偶然。O小姐的变形，正是从不断变幻的时间走向凝固不动的无时间，由生回到死，也正背离了被雅典娜所眷顾的皮格马利翁故事的设定，根据伦理的意志找回了自己的原型。

而在这一系列反皮格马利翁设定的暗黑小说中，我恰巧读过的意大利作家托马索·兰多尔菲的《果戈理之妻》又显得有些特别。如题所示，这是一本虚构尼古拉·瓦西里耶维奇·果戈理生平的传记小说。真实传记中的果戈理和福楼拜一样是典型的19世纪单身作家，别说娶妻了，很可能是连性经验都没有的自慰者。精神分析派的医生会把他们小说主角失去鼻子和外套的差错等同于拔牙的梦，即自慰癖和阉割恐惧的象征。然而，直到中年还一直单身的作家霍夫曼幻想出自动人偶奥林匹娅，爱伦·坡娶少女弗吉尼娅为妻，像这样，单身作家一般更容易陷入人偶之爱的强迫观念。传记作家托马索·兰多尔菲独到的见解在于用一个具象化了的橡胶人偶，填满了果戈理生命里遍寻不得的理想伴侣的空白。

被兰多尔菲唤作"果戈理之妻"的是一个名叫卡拉卡斯的橡胶人偶。这个橡胶人偶的容貌姿态无法一下子说清，因为每次都要用空气泵充气，所以她时而拥有少年人的细腰，时而又变得丰满。发色也配合外型不断变化，一会儿换上金色的假发，一会儿又换成深褐色，配合外形姿态，可以发生无数的变化。"使用"之后，只需把手伸入她的口中，把喉咙深处的栓塞拔掉，她就泄了气，变回扁平的橡胶块了。卡拉卡斯还能发出声音。某夜，当果戈理正和来客福马·帕斯卡洛维奇热烈地探讨文学理论时，帕斯卡洛维奇听到坐在沙发上的卡拉卡斯突然发出"像被公牛抱住的淫娃一样微弱、含混不清的"带有色情意味的声音。察觉到异样的果戈理登时面红耳赤，急忙拔掉空气栓塞。从这个时候起，帕斯卡洛维奇确信她是"有生命的"。果戈理接下来的举动开始明显地自相矛盾，一边对卡拉卡斯说着"我爱你"，另一边却对她露出嫌恶的表情。果戈理悄悄地透露了一个秘密：原来，岁月开始在卡拉卡斯身上留下痕迹，她开始变老了！

陷入混乱的果戈理最终把妻子丢进暖炉，烧成灰烬，但更加恐怖的是接下来的结局。果戈理确认妻子已经完全消失在火中之后，便转过身信步走向妻子的卧室。他嘱咐帕斯卡洛维奇不要看他，又把另一个似乎稍小一些的物体放进暖炉，处理干净。受好奇心驱使，帕斯卡洛维奇还是忍不住偷看了一眼，火堆里燃着的明明白白是一个小孩样貌的橡胶人偶——这毫无疑问是卡拉卡斯的孩子，自然也是果戈理的孩子。

兰多尔菲这则寓言的寓意大概是：卡拉卡斯是作家果戈理理念的原型，这个理念和肉体结合诞生的"作品"就是小孩。果戈理没怎么正眼看过小孩就把它丢弃了，用来比喻他把手稿扔掉的做法。先不论这是不是在牵强附会，制作雕像的人自己对时间的增殖感到恐惧，把女性雕像甚至他的孩子帕福斯一起塞进了他们原来的归属地——无时间的透明墙壁里，又把墙壁整个糊了起来。相信谁都看得出来，在这部《果戈理之妻》里，原本作为爱和生命赞歌喻体的皮格马利翁神话已经完全失效了。

从性意味的角度看,兰多尔菲精妙的性爱人偶卡拉卡斯是机器性爱的一种表现。从萨德侯爵的利用滑轮和滚轴同时实现多人性交的机器,到阿尔弗雷德·雅里[1]的"超男性"性交机器,一直延续到汤米·安格尔的自慰机器的谱系,卡拉卡斯也是其中一员。不过,卡拉卡斯虽然从功能上说属于机器性爱,但从形象上看更接近由自慰引起的神经症式不安所引发的妄想。一般来说,自慰者在幼年期都受到过阉割恐惧的威胁(男性担心阴茎、眼睛、牙齿遭剥夺,女性担心手被切割),青春期之后则为近亲通奸的矛盾感到纠结苦恼。所以,沉湎于自慰的这些想象世界里的皮格马利翁们脑海里浮现的雕像面孔,往往是他们的母亲和姐妹。在卡尔·威廉·拉姆勒的长诗《皮格马利翁,一首康塔塔》(1768年)里,皮格马利翁美貌的妹妹伊莱莎早逝,于是皮格马利翁造了一尊与亡故的妹妹一模一样的雕像,向维纳斯祈祷让她复活。近亲通奸的愿望在文中表现为和亡故的近亲女性共同度过的幼年时期,也表现为伴随着工业革命的到来而渐渐消失的自然。

之前说过,皮格马利翁的故事还有另一个更接近原型、与维纳斯雕像直接关联的版本。与维纳斯雕像交媾的

---

1. 阿尔弗雷德·雅里(Alfred Jarry,1873—1907),法国象征主义作家,其戏剧内容怪诞,形式洗练,手法夸张,影响了后来的先锋派和荒诞派戏剧。他被认为是超现实主义和未来主义的开拓者。

传说来源于罗马的魔法师维吉尔制造的奇妙大理石雕像。这尊女神雕像实际上是设计精妙的性爱机器，它被公然放置在罗马的广场上，供男人们自由使用。到了中世纪，这个传言被改编为女神的复仇记：一位年轻人在玩乐的时候嫌手上的婚戒碍事，就把它套在了维纳斯雕像的手指上，后来却不知怎地拔不下来了。婚礼之夜，当年轻人正要把新娘揽入怀中时，拿着婚戒的维纳斯雕像忽然横插到两人之间，谴责年轻人的不忠。12世纪的英国人马尔姆斯伯里的威廉记述了人称"欧里亚克的葛培特"的教宗思维二世的自动人偶、奇怪的青铜男等内容，也记述了这个传说，并标明其真实事件发生于1045年。而1467—1468年编撰的埃尔福特的约翰内斯·冯·哈根的年代记里，事件发生的时间被标明为1049年，与威廉的说法稍有出入。

关于年轻人如何处理飞来横祸这一点，两个版本的说法也稍有不同。在约翰内斯·冯·哈根的年代记里，年轻人思前想后，决定去找既是祭司又是驰名黑魔法师的帕伦布斯大师商量对策。帕伦布斯大师递给年轻人一封信，告诉他"拿着这封信，于午夜前往某个十字路口，在行人中找到骑在马上的娼妓，把信交给她，就万事大吉了"。年轻人照着指示做了之后，那妓女果然直接把戒指还给了他，不过出于对帕伦布斯大师的愤怒，她高声尖叫："主啊，你何时能让祭司帕伦布斯的丑行大白于天下啊！"这个声音传到帕伦布斯耳边，他意识到自己东窗事发，主动在公众面前坦白了自己的渎神行为（应该就是指黑魔法吧），深深忏悔，随后为自己执行五马分尸的严酷刑罚。而在马尔姆斯伯里的威廉的记述里，信被交给了更高一级的恶灵，恶灵让自己的妻子设法把戒指还给了年轻人。

这种说法历经种种改编，又在近代的诗歌和故事中复活。艾兴多尔夫的《大理石像》和阿希姆·冯·阿尔尼姆的《女法皇约翰娜》就是其中的两例。阿尔尼姆倒转了性别，让着男装的少女把戒指套在阿波罗雕像的手指上。

不过，说到以简洁精炼的笔触刻画出遭背叛的维纳斯雕像的凄惨复仇，还得搬出擅写复仇故事的梅里美的《伊尔的维纳斯像》。梅里美笔下的维纳斯大理石雕像让毫无节操、为了陪嫁钱而和其他女人结婚的情人付出了血的代价，她从台座上走下来，毫不留情地压死了床上的负心汉。正所谓，不知廉耻不得活。

分身的彷徨

浪漫派诗人路德维希·蒂克[1]写过一篇童话体裁的小说《稻草人》(1835年),这篇小说既可以看作哥连式的故事,也可以看作皮格马利翁式的故事:市议员安波罗修花了一个冬天的时间,制作了一个精巧的稻草人。虽然只是一个虚张声势的稻草人,但它却有着阿多尼斯[2]那样世间罕有的美貌。这个稻草人像古代的日耳曼战士一样,全身披着褐色的皮革,着绿色外套,配黄金腰带,丝毫无惧风雨的淫威。安波罗修还进一步为稻草人加上了许多精致的配件。

稻草人的脸一眼看去是坚实的褐色,仔细看又稍微透出一点红。全黑的眉毛十分浓密,眼球则是在白底的珍珠上嵌上可移动的黑珊瑚。一旦有风拂过,稻草人的头就像发怒似的闪闪发光,十分骇人。皮绑腿配上黄金的搭扣,

---

1. 路德维希·蒂克(Ludwig Tieck,1773—1853),德国诗人、小说家和评论家,是18世纪末和19世纪初浪漫主义运动的元勋之一。
2. 阿多尼斯(Adonis),希腊神话中一位非常俊美的神。

鞋配上奢华的卡子,可以灵活运动的手上握着枪械模样的武器(看上去更像是古典的弩一类的器具)。这样年轻貌美的武者在微风的吹拂下轻轻抖动身躯的画面,实在是优美至极。

> 每当风变换方向掠过,他就变换优美而典雅的身姿,威风凛凛地握着弓弩。风如同打算劫掠稻田作物的不吉之翼,因稻草人的存在而感到战栗和恐慌。同时,这幅光景又为已阅尽千帆的人眼制造出一种恍惚感,光是看看都让人心生愉悦。

安波罗修把稻草人放在了寄居宅邸的庭园里。宅邸主人皮特林克的女儿奥菲利亚因为稻草人超凡的美貌而成了恋爱的俘虏。她像霍夫曼小说里的人物一样,满眼只有稻草人那只应天上有的美貌,而对现实世界的一切都失去了兴趣。然而某天夜里,稻草人却从庭园里消失了。安波罗修大吵大嚷,怀疑是叫谁给偷走了。但根据守夜人的说法,那一夜流星坠落的同时,稻草人也挣脱了束缚,像被风掠走似的消失不见了。这件事刚过去没多久,邻近的昂西塞姆里小城忽然出现了一个名叫冯·雷德布林那的怪异人物。"雷德布林那"这个名字的意思是"烧制皮革的人"。总之,这个举止可疑的男人宣称自己阅历丰富、学富五车,正在着手建立一个名为"制皮者"(意为无聊的、缺乏朝气的人们）的学者社团。安波罗修直觉这个雷德布林那正是前不久被偷走的稻草人。他上告政府，要求查清雷德布林那的身份，果不其然，这个怪人的前身正是稻草人。

蒂克大概也想起了卡巴拉学者们的哥连转生术吧。当流星坠入稻草人体内时，遥远星球的力量开始发挥作用，雷德布林那获得生命，在大地上自由活动。然而，过去的身世被揭露之后，雷德布林那立刻变得病恹恹的，流星离开了他的身体，万幸他得以靠着精灵的力量生活下去，继续"制皮者"的结社活动。他和奥菲利亚的孩子随后继承了他的衣钵。

蒂克想借雷德布林那的形象说明些什么呢？其实没有什么定论。是在讽刺浪漫派运动对古代的憧憬和它随后的幻灭吗？还是像作品中所说的那样："教养也好，人性也好，美的感受性也好，文学也好，凡此种种，都不过是被另取了一个名字的世俗罢了。"蒂克想要借此嘲弄有教养的俗人那"让包括最完美的人在内的万人一齐堕落"的愚钝吗？"皮革"（Leder）和"学者"（Lehrer）间的确藏着一个谐音梗，但蒂克讽刺的对象大概不仅限于学者（教师）吧。皮革制的哥连紧接着也在狄奥多·施笃姆的诗歌《哥连》中登场，在这首诗里，官僚被比作哥连。

你们说，那是内阁的首长，

> 是姓名被写在政府职员簿前列的要员。
> 虽然如此,可有谁不认为他正像是
> 披着皮革的木偶呢?
> 正义的雨滴一旦滴落,
> 洗去那额上的头衔,
> 谁都会忍不住高声惊叫,
> 那不是皮革制成的木偶么!

正如剥去哥连额头上的神圣文字会让它变回土块一样,一旦去掉官衔,道貌岸然的要员们也和木偶无异。施笃姆借哥连的形象讽刺了高级官员和世袭贵族们内容空洞的权威。在施笃姆看来,这种幻灭是无可挽回的。同处19世纪的上一代人安内特·冯·德罗斯特-徽尔斯霍夫[1]所著的《哥连们》(1844年)则更加鲜明地刻画了这种狂热与幻灭交织的整体形象。

> 如果你不记得还是可人幼童时的你,
> 那个圆睁着清澄明澈的眼睛,
> 跟在炽天使身旁,前往童话的魔法国度的你。
> 如果你年幼的小手,
> 没有感受过震颤的重量。

---

[1] 安内特·冯·德罗斯特-徽尔斯霍夫(Annette von Droste-Hülshoff, 1797—1848),德国女作家,德国最伟大的女诗人之一。

> 那么我就会愉快地和你相见吧,
> 会认为你是个坚强、美丽的女性吧。
> 然而,啊啊,此刻我却禁不住窥探
> 你眉眼之下不断逃逸的天使的面影。

过去的人对理型的狂热已然消逝,现在的人只在姿态上与以往无异,但留下来的却只有"没有死者的纪念像/行尸走肉般的雕像/没有供物的虚无的神殿"。如同东方传说中的哥连一样,活着的同时以腐败的墓地为家。

> 哥连用熟悉的步态走路,
> 他说着话,用熟悉的神情微笑。
> 然而,他的眼睛没有一丝光亮,
> 胸腔里全然听不见心脏的搏动。

读者想必一目了然,在 19 世纪的哥连文学里,哥连早已不是(或仍未成为)救世主和"高贵野蛮人",而只是小市民式庸俗的比喻。虽然在价值评判上出现颠倒,但哥连仍带有分身的含义,即表现分裂自我的某一面。德罗斯特-徽尔斯霍夫在 1838 年 11 月 9 日的信中(收件人为施吕特)写下这样一段话:

> 在梦的研究中,我总是喜欢执着于最初的表象。

自己日渐老化的旧日年轻肖像几乎只会留下些不愉快的印象。这不是外部形态的退化,而是内心形态的退化。(引自克劳斯·弗尔克尔)

正所谓"今日之我已非昨日之我",随着肉体老去,往昔的风韵犹在,曾经激烈燃烧的精神之火却早已熄灭,化为死灰。过去那个完美的自我简直像是不认识的陌生人。根据海德格尔一派的说法,哥连化也就意味着向"众人"(das Mann)的堕落。

奇妙的是,本应与怪物般的存在相隔遥远的俗人竟然变成了怪物。当诗人停留于幼年时最初遭遇的表象,燃着梦想的纯粹之火时,曾经"走在正道上的真英雄"——勇敢的市民们却失去了实现理想的意志,一个个变成了泥人。这虽不至于夺走仍在与梦嬉戏的诗人的梦,却是一个会使诗人的梦失去效用的重大威胁。施笃姆笔下皮革人一样的官员,即是卡夫卡笔下——连人格都被剥夺得一干二净的——巨大官僚机构的预言。内面的幻想与外部机械的生产效率间的割裂表现,在蒂克和德罗斯特-徽尔斯霍夫之后,经果戈理的《狂人日记》,到陀思妥耶夫斯基的《双重人格》时臻于完善。陀思妥耶夫斯基笔下外表毫无差别的两个戈利亚德金相互为难,处处作对。最后,新的戈利亚德金通过官僚机构整垮了旧的戈利亚德金。在分身出现之前,陀思妥耶夫斯基描写了戈利亚德金对克拉拉·奥尔苏菲耶芙娜的狂热，他爱她就如同爱理型，随后这种爱却幻灭了（失恋）。这样的描写十分意味深长。19世纪，哥连（即分身）经常在狂热地追求理型之后如同宿醉一般虚无的幻灭气氛中现身。让我们再一次回到蒂克的《稻草人》，实际查看一下这个过程。

《稻草人》的作者路德维希·蒂克身边发生过一个奇怪的文学事件。省去事件的来龙去脉，单说结果：这位哥连小说的作者自己也被变成了哥连。当然，不是他本人被塑成了泥人，而是出现了一篇以他为主人公原型的小说，小说里的主人公被塑成了泥人。

这部原型小说的作者是奥托·冯·斯凯普斯高特。小说的题目《三个序章、罗赞和哥连蒂克》（1844年）就十分奇怪。遗憾的是我手上没有这本小说，所以以下介绍的内容都来自选集《人造人》的编者克劳斯·弗尔克尔对小说情节的归纳。不过，从内容上说，既然是原型小说，那它指向的就必然是发生在蒂克身上的真实事件。我们就从那个真实事件说起吧。

无名的文学青年斯凯普斯高特曾把一篇题名《构造的问题》的小说原稿寄给蒂克，希望蒂克能为小说写一篇推荐的序言。当时的斯凯普斯高特是个穷学生，和妹妹一起住在柏林的小巷子里，过着有上顿没下顿的贫苦生活。他当然希望得到蒂克的推荐，但他对稿件公开发表后的稿费无疑有着更加强烈的渴望。某日，被逼无奈的斯凯普斯高特兄妹来到蒂克家,希望蒂克借一笔钱给他们。但名声显赫的作家却毫无情面地拒绝了这个请求。根据斯凯普斯高特的说法,这一步是蒂克早已设下的局,目的是窃取他的作品。

没有人清楚事情的真相是怎样的,可能是嫉妒心理发作的文学青年欲以丑闻博出位而恶意中伤,不明不白地被冤枉的蒂克反而是受害的一方。说来可疑,斯凯普斯高特的妹妹怎么也和这件事扯上关系了呢?总之,蒂克既没有帮忙写序言,也干脆地拒绝借钱。这让蒂克在斯凯普斯高特心目中的形象彻底破灭。一个新的蒂克形象从这个热爱席勒和莎士比亚的高贵的浪漫灵魂中诞生,这个新的蒂克毫无羞耻地窃取无名文学青年的作品,是个完完全全的庸人。

> 河岸边出现了两个像鸡蛋一样难以分别的蒂克,他们争相抢着去帮助溺水的人,为此互相妨碍,争得不可开交。

"溺水的人"指的是借钱被拒,马上就要饿死的兄妹二人。蒂克分裂成两个人,一个要把他们置于死地,另一个要向他们伸出援手。两个蒂克一个唱红脸一个唱白脸,表面上相互为难,实则眼睁睁地看着兄妹二人落难,见死不救。

斯凯普斯高特的争议之作于1844年公开出版，附上了弗里德里希·吕克特撰写的序言。如题目《三个序章、罗赞和哥连蒂克》所示，作品的结构十分奇特。根据克劳斯·弗尔克尔的介绍，"三个序章"占据了作品的大部分篇幅。三个序章来自同样出现在题目中的诗人冯·罗赞的父亲和祖父的传记，罗赞本人仅以婴儿的形象稍微露了一下面。然而，根据编者（斯凯普斯高特）后记，风烛残年的罗赞是一个对人生感到疲倦的孤独老人，已经不久于人世。然而，就在咽气之前，他忽然变得疯疯癫癫，毁掉了凝结了自己多年心血的小说《构造的问题》。"罗赞"交代道，这部被毁掉的小说的序就是"三个序章"，而"哥连蒂克"就紧随在"罗赞"之后。让我们回到刚才两个蒂克在河岸边打斗的段落。

从真正的蒂克中分裂出来的哥连化的蒂克卑鄙至极，不断纠缠，随后抓住机会猛然攫住真蒂克，把他压缩成小小的雕像，塞进上衣的口袋里。但是，正义的一方不能这么轻易地败下阵来。千钧一发之际，斯凯普斯高特和妹妹赶到河岸。他们忽然察觉到，哥连的额头上写着"真理"两个字。他们鼓起勇气撕下哥连额头上的护符，哥连立刻"一声不响地崩坏瓦解，变成凄惨的黏土块，滚到编者的脚边"。而这个崩垮的黏土山正是方才哥连塞进上衣口袋的诗人蒂克之墓。被哥连像鼻屎一样卷成圆球的真蒂克代表了蒂克身上仅存的高贵品质，随着它被塞进怪物的口袋，诗人也在道德上和艺术上被宣告死亡。也就是说，以诗人自居的蒂克看上去名声显赫，实际上却早已是被葬到"虚名"这个坟墓里的行尸走肉。由此，文学青年借钱遭拒的私怨不再显得愚蠢，这一彻底的戏仿，不单是迟来的浪漫派精神对失去了诗的热情、仅仅满足于枢密顾问这一要职的原浪漫派诗人的私怨。和德罗斯特-徽尔斯霍夫一样，斯凯普斯高特表达了年轻人对复辟这一时代政治潮流的焦虑和不信任。

不过，这并不是第一个哥连化的自我分裂表象最终走向灭亡的故事。之前已经讲过阿尔尼姆《埃及的伊莎贝拉》的女哥连贝拉的故事。霍夫曼的短篇《秘密》里也有一个用黏土制成的年轻哥连。靠着卡巴拉护符的力量，黏土人哥连活动起来，顶替真正的人类被送入皇宫。但同样精通魔法的公主也不是吃素的，她马上看穿哥连的本质，让哥连回归一捧尘土。说起来，阿尔尼姆的女哥连同样在查理五世的皇宫里大显身手。这一时期，哥连已经明显带有"指示皇帝和其近臣的哥连性质"（克劳斯·弗尔克尔语）的含义了。

暂且搁置哥连的表象，回到分身的话题。官员和诗人这样双胞胎似的组合可以追溯到让·保罗《献给巨人的喜剧断章》（1798年）中的一段插曲《双面人》。这个双面人（让·保罗称之为"人们"）是一对背靠背贴在一起的双胞胎兄弟，名字分别叫彼得和撒拉弗。两人都是作家，彼得拥有法学士的称号，忠实可靠，几近完人，一旦开始做一件事，就一定会善始善终。他热心经营着朝廷的酒窖和其他多种买卖。另一边的撒拉弗则是一个三心二意，对什么都感兴趣的闲人，他既是悲剧性的作家和抒情诗人，又是警句作者和巴松管演奏家，总表现出和彼得完全相反的孩子似的好奇心。一个是现实主义者，另一个则是梦想家，这对连体双胞胎自然无法和谐相处，心没法往一处走，于是就会出现一方想着跑起来，另一方却待在原地不动这样喜剧性的矛盾。

让·保罗的双面人背靠背地粘连在一起，这两个人一旦分开，则一定会出现分身。霍夫曼《布拉姆比拉公主》中的一个人物在解说"慢性二元论"这种病时援引了让·保罗的这段小插曲和利希滕贝格《两个王子》中的一节。在这处引用中，让·保罗的原故事稍微发生了变形。主角变成了想法永远无法达成一致，腰部却粘连在一起的"双面王子"。这个双面王子以"病原体"的身份潜入一具人类的躯体中，这个人就会患上一种名为"慢性二元论"的病，孕育出分身。霍夫曼的这一解说意义重大。这是因为，连体双胞胎总是用双重视角看待客观世界，多少代表着缺乏主体的双重性和两义性，这些性质后又被主体的自我意识吸收。这样，观察世界的自我分裂成两个，从本来的自我之中诞生出另一个自我，这是一个全新的情况。顺带一提，与法国巴尔扎克笔下的塞拉菲达和塞拉菲托斯的二重性，热拉尔·德·内瓦尔笔下的女演员奥丽莉亚和修女埃德里安娜的二重性，以及让·保罗、利希滕贝格这些前辈的类似事例相比，波德莱尔之后的作家则与霍夫曼世代产生共鸣，出现了一种平行现象。不，霍夫曼从《布拉姆比拉公主》开始，到其后的《秘密》《双面人》，都对这种转变做了具体的预告，而波德莱尔为其加上了美学的基础，这样讲可能更好理解一些。我想要补充说明的，是把《布拉姆比拉公主》比作"高度的美学教义纲要"，写下《论笑的本质并泛论造型艺术中的滑稽》（1855年），更在1859年为阿塞利诺的小说集《双重生活》写下的书评中全面地对二重身加以论述——这一系列波德莱尔的理论活动。

从历史社会学派的观点看，霍夫曼在经历过大革命和拿破仑的时代之后，又遭遇了旧体制复辟的时代，体验到了理想和现实的二重性。（汉斯·迈耶）同样的观点也可以复用在经历二月革命后进入第二帝国时期的波德莱尔以及站在启蒙主义与浪漫精神分界线上的利希滕贝格和让·保罗身上。不过，我想稍微做一点补充，关于体型近似侏儒，和一般人明显不同的利希滕贝格和霍夫曼的侏儒情结。双面王子的设定明显隐藏着变身的愿望：多希望此刻丑小鸭一样的自己不是真实的自我，而只是王子落难时的模样。大家都知道时代在变坏，但由于身体有残缺，他们比一般人更为敏感。这既是他们的不幸，也是他们的光荣。在那以后，自我分裂变成了一种普遍的现象，不再需要宿命之镜来照鉴他们的肉体。

扯得有点远了，再整体上梳理一下作为文学主题的分身吧。接下来要引用的是劳伦斯·达雷尔《现代诗之匙》中的一个小节。

> 虽然正如我们所看到的，自巴尔扎克的《塞拉菲达》之后，作家们对双重人格这一主题的兴趣愈来愈强烈，但这其实是从陀思妥耶夫斯基（《双重人格》）、埃德加·爱伦·坡、史蒂文森（《化身博士》）一直到奥斯卡·王尔德（《道连·格雷的画像》）的一贯趣味。这些作家们展现出的兴趣变化，敏锐地反映了主观性的强弱。也即，从陀思妥耶夫斯基向王尔德过渡的过程中，作家们的主观性渐渐加强。当然，双重人格这个主题本身不是什么新鲜事物。莎士比亚就不止一次地使用双重人格作为主题，往往用"某个人物的真身被错认"的形式表现。（中略）但是，我们现在探讨的这个时代里的双重人格主题有一个很有趣的地方：几乎所有作品里出现的双重人格者都是圣人、罪犯或怪物里的一种。（此处着重号为引用者添加）

达雷尔想要表达的是，在市民社会成立的同时，且不管它是往超越还是堕落的方向发展，那些被流放到社会对立面的非人（圣人、罪犯或怪物）其实正是市民自我的影子。当他们被隔离起来时，真实的分身也就诞生了。市民式的自我和怪物般的罪犯-分身，正如弗兰肯斯坦博士和弗兰肯斯坦的怪物、侦探和犯人一样，缺失了其中一方，另一方也就不复存在，也即相互依存的互补关系。而且，讽刺的是，阻隔市民和怪物的禁忌之墙看上去越脆弱，双重人格患者自体中毒症的苦闷就越强烈。18世纪无疑会被投进皇家牢狱的危险人物，到了19世纪就可以光明正大地走在大街上。除此之外，还有第一人称和第三人称同时存在于一个句子中的苦恼，那是感慨着"我非我"（Je suis un autre.）和"我是伤口，又是刀锋"的诗人宿命的化身。所谓慢性二元论不正是这么一回事吗？

> 切里欧那提老师，您所说的慢性二元论，指的应该是自己固有的自我和自己分裂，而自己的人格却没有跟上脚步，从而造成的那种异样的痴呆吧？

说这话的是霍夫曼《布拉姆比拉公主》中的一个人物。双面王子的章节就出现在这句话之后，不过，不消说，这也只是反映这部童话小说的主角吉利奥·法瓦梦境和现实分裂的一处小小闪光而已。罗马的贫穷演员吉利奥·法瓦，同时又是已经失踪的阿尔及利亚王子科尔内略·加贝里。吉利奥有一个名叫贾钦塔的女缝纫工恋人，王子科尔内略·加贝里对她一见倾心，期望她变成自己的王妃。与此相对地，吉利奥则爱上了和王子有婚约在身的布拉姆比拉公主。这种错位的结果是，王子吉利奥单手拿着短刀追杀演员吉利奥，两人陷入搏斗。这个矛盾本该在吉利奥下次出演的《白色黑人》中得到风格主义式-矛盾修辞法式的解决，但这条通往相反的统一之路上却出现了更多的纷争。写下"我是伤口，又是刀锋"的诗人明显感染了从利希滕贝格和让·保罗的双面王子到霍夫曼笔下意欲暗杀对方的"演员-王子"慢性双重人格症的病毒，甚至还受到了爱伦·坡《威廉·威尔逊》的影响。波德莱尔引用布丰[1]"二重身"的概念，这样写道：

> 我们之中有谁不是二重身？我认为，从年幼起就常常陷入思考的人们，其行为与意志、梦想与现实时常是双重的，其中的一方总要损害另一方，占据另一方的所得。他们中的某些人不理会炉边的舒适，身在炉边，心早已徜徉在遥远的他方。而另一些人却不认为命运中的冒险有多可贵，想要困在几平方米的斗室里，爱抚被禁锢的生活之梦。（为阿塞利诺《双重

---

[1] 布丰（Comte de Buffon，1707—1788），法国博物学家、数学家、生物学家、启蒙时代著名作家，被誉为"18世纪后半叶的博物学之父"。

生活》撰写的书评）

再一次直接以霍夫曼为论题，回忆一下波德莱尔对艺术家的定义吧："激发自身对于滑稽的感觉，并描绘出这种感觉以为其他人提供娱乐，并以此为营生的人"，他们意识到"人类这一存在恒久地拥有双重性，也即人类是能够既是自己，又是他人的力的存在"。也就是说，"所谓艺术家，就是既具备双重性，又对自己的双重性及其引发的现象无所不知的人。成为艺术家只需满足这一点"。换句话说，艺术家在清楚意识到自己正受着慢性二元论的自体中毒症折磨，但又将这种折磨表现为绝对的滑稽。

美学方面，波德莱尔以后的所有分身主题小说都无法逃脱这个定义。无须往达雷尔列举的单子上再加上若干作品，即便在没有符合现有定义的分身出场的作品里，以《泰斯特先生》及其续作和卡夫卡诸作品为首，几乎所有的现代小说都可以被认为是分身主题的小说。在达雷尔自己的近作《那时》（*Tunc*）里，疑似因从事秘密结社而成为两大巨头公司主人的朱利安和约卡斯·佩尔维的二重身扮演了重要的角色，但和《魔法师西门》的阿波利奈尔和喜欢分身主题的汉斯·亨尼·杨一样，这种属于例外。在现代绘画领域，达利既质疑扮演哈姆雷特的劳伦斯·奥利维尔[1]，又把这种怀疑付诸实践。法布里奇奥·克莱里西则绘制了双重肖像《父与子》。

照这样看来，分身主题的中心思想也许被带进了自我同一性的追求这种现代批评的艰涩命题里，并在这个语境下被接受。然而实际上，这正是我想要规避的事态。如果只是想要显摆恶作剧般形而上学的解释，我从一开始就不会搬出哥连、分身这些挺稀罕的形象。

米哈伊尔·巴赫京[2]这样评论陀思妥耶夫斯基的作品："陀思妥耶夫斯基几乎所有重要的主角从样貌到态度都被做了许多滑稽化的处理，好像同时拥有数人的分身。"例如，"拉斯科利尼科夫[3]身上同时具有斯维德里盖洛夫、卢仁和列别贾特尼科夫的分身；斯塔夫罗金[4]身上同时具有维尔霍文斯基、沙托夫和基里洛夫的分身；伊万·卡拉马佐夫[5]身上同时具有斯麦尔加科夫、恶魔和拉基津的分身。而且，陀思妥耶夫斯基笔下的每个分身都是因为主人公的

---

1. 劳伦斯·奥利维尔（Laurence Kerr Olivier，1907—1989），英国演员、导演。他在舞台和银幕上诠释了从希腊悲剧到莎士比亚戏剧、文艺复兴喜剧，再到现代英美戏剧的诸多角色，被认为是20世纪最伟大的戏剧演员之一。达利曾创作画作《劳伦斯·奥利维尔饰演理查德三世的画像》。
2. 米哈伊尔·巴赫京（Mikhail Bakhtin，1895—1975），俄国现代文学理论与文学批评的重要理论家。
3. 拉斯科利尼科夫，及下文的斯维德里盖洛夫、卢仁、列别贾特尼科夫都是陀思妥耶夫斯基小说《罪与罚》中的人物。
4. 斯塔夫罗金，及下文的维尔霍文斯基、沙托夫、基里洛夫都是陀思妥耶夫斯基小说《群魔》中的人物。
5. 伊万·卡拉马佐夫，及下文的斯麦尔加科夫、恶魔、拉基津都是陀思妥耶夫斯基小说《卡拉马佐夫兄弟》中的人物。

死（被否定）而再生（得到净化，超越自我）的。"

巴赫京唤醒谢肉节[1]上基于祝祭空间的圣化戏仿的回忆，想表达的其实是分身主题小说的反论：折返回到死（坟墓）之中，并由此得以复活。带着北方的阴郁，如泥土一样沉重而令人恐惧的分身形象，借由死而生的循环反而和大众单纯明快的庆祝空间联系在一起。双面人本就来自中世纪的广场、文艺复兴时期的剧场和巴洛克式的祝祭空间。勒内·霍克这样评价风格主义戏剧："当时的众多戏剧中，主人公经常一人分饰两角。他即是自己的二重身。"让·鲁塞则生动描述了巴洛克式的喷泉、孔雀和变装游戏。这些色彩斑斓、令人愉悦的奇观的源泉，可以追溯到双面神雅努斯[2]和变身之神普罗秋斯游乐的地中海，也可以追溯到吉尔伽美什[3]和恩奇杜结为带有同性之爱意味的结义兄弟时身处的古老之地巴比伦。人格的分裂不一定会走向一个不可收拾的结局，向着彼此的分裂催生出因此而得以成立的斗争、竞赛和恋爱，变成值得庆祝的事，这已经再明显不过了。波德莱尔说过，虽然带着对于双重性意识的苦恼，但通过表现将之转变为"娱乐"，这就是

---

1. 谢肉节（Масленица），又称送冬节、烤薄饼周，是一个从俄罗斯多神教时期就流传下来的传统俄罗斯节日。后来由于俄罗斯民众开始信奉东正教，该节日与基督教四旬斋之前的狂欢节关联到一起。
2. 雅努斯（Janus），罗马神话中的门神、双面神，被描绘为具有前后两个面孔或四方四个面孔，象征开始。
3. 吉尔伽美什（Gilgamesh），乌鲁克第五任国王，也是著名古代文学作品《吉尔伽美什史诗》的主角。

艺术的效果。

再补充一下，我们虽然不晓得歌舞伎装扮的方法，但通过从那些卑俗的形象——雪之丞[1]、怪人二十面相[2]、远山的金先生、鞍马天狗，等等——身上积累的学养，我们早已和霍夫曼、陀思妥耶夫斯基的世界发生了联系。难道不是吗？

---

1. 中村雪之丞，日本作家三上於菟吉小说《雪之丞变化》中的人物，同时具有演员雪之丞和侠盗暗太郎两个身份，是后世众多变身英雄的先驱。
2. 怪人二十面相，日本推理小说作家江户川乱步为其一系列少年推理读物所创造的反派角色。本名远藤平吉，是个化装高手，可以随心所欲地易容变装。下文的远山的金先生、鞍马天狗也普遍被认为拥有双重身份。

矿物新娘

众所周知，莎士比亚晚年的作品《冬天的故事》是一部五幕喜剧，讲述的是西西里国王利昂蒂斯陷入了王后赫迈欧尼和好友波西米亚王——波利克塞尼斯私通的错觉，于是宣布将他和王后刚生下的女儿处以极刑，最后由一个人偶和人互换的把戏换得大团圆的结局。和下达神谕的维纳斯像一样，据说由朱利奥·罗马诺[1]制作，在最后一幕里获得生命活动起来的大理石像（实为王后的真身）其实是解开这出戏剧矛盾的钥匙。前几年皇家莎士比亚剧团在日本演出（崔佛·农恩导演）时，在第一幕就把王宫内王子的物品——玩具、木马和人偶等小玩意——摆放成某种模型的样式，以从反面暗示伪预言人偶登场的大团圆结局。恰巧海野弘写过一篇文章，一面论述"玩具的社会学"，一面写下当时看演出的印象，这里稍微引用其中的一段：

---

1. 朱利奥·罗马诺（Giulio Romano，1499—1546），意大利画家、建筑师，是拉斐尔的门徒。

> 灯亮起来，我看到舞台中央放着一只白色的木马，周围散落着陀螺和人偶等玩具。这时，西西里国王利昂蒂斯出场，演出开始。当国王和他的好友波西米亚王波利克塞尼斯聚在一起谈笑时，他忽然被疯狂的嫉妒侵袭，怀疑王后赫迈欧尼和眼前的好友私通。这种嫉妒甚至让孩童房间这样天真无邪的空间也产生了阴暗的裂纹，黑色的狂气覆盖了一切。刚刚还让人觉得可爱的玩具变得怪诞。在孩子的空间里，玩具是玩乐的道具，当被投入大人的空间里时，玩具又变成瘆人的物品。借着利昂蒂斯的疯狂，玩具的二重性不断在这两者之间切换。
>
> ——《空间的神话学》

利昂蒂斯和从小相识、向来同心的波利克塞尼斯从此决裂，在犯下"一个又一个错误"之后，王子因国王和王后不和而自杀，利昂蒂斯方才对自己的一系列暴行感到悔恨。第二幕以后，以国王的悔悟为契机，整出剧转而充满明快的节日气氛，误会一个个被解开，本被判处死刑的帕蒂塔公主和波西米亚王子结婚，西西里国王也和波西米亚王冰释前嫌。就在这时，一直躲藏起来的大理石雕像以本已死去的赫迈欧尼的形象现身。

赫迈欧尼的复活里是否包含着"生—死—生"，或者说"自然—人造—自然"这样自然的回归循环运动的寓意？王后并不是以原本的形象，而是以石像的形象重新现身的。利昂蒂斯也惊叹于石像版赫迈欧尼的模样，第一眼就爱上了这个人偶。对于活着的赫迈欧尼，利昂蒂斯感情矛盾，既爱又恨；对于石像赫迈欧尼，利昂蒂斯却只有恋慕的感情。爱慕冷淡的人偶，却因为神经症而厌恶变幻无常的活人，利昂蒂斯的感受能力和孩童倒是挺像。那么，这里说的孩童的感受能力是指什么呢？引述第二幕开头王子玛弥利阿斯（他随后不久便自杀了）评判两位侍女品性的一段：

> 侍女甲：来，我的好殿下，我来陪你玩好不好？
> 玛弥利阿斯：不，我不要你。
> 侍女甲：为什么呢？我的好殿下。
> 玛弥利阿斯：你吻我太用力，并且对我说话好像我还是个婴儿。我喜欢你一些。
> 侍女乙：为什么呢，殿下？
> 玛弥利阿斯：不是因为你的眉毛黑些；不过黑眉毛，据说，对于某些女人是很好看的，如果眉毛不太多，而且是用笔描成半圆形或半月形。
> （此处中译参照梁实秋译本，后文中的《冬天的故事》引用段落也参照该译本）

侍女甲具有自然的人性，与此相对地，侍女乙的眉毛则清楚鲜明，像"用笔描成"一样，好像还带着几分几何学的抽象意味。比起自然的人，玛弥利阿斯更倾向于选择人造的人偶。比起已经被卷入性关系的人，还未知晓性之纠葛的孩童玛弥利阿斯却更亲近坚硬、没有表情、永远远离性关系、保持冷漠的自我统一性的人偶。所以，他为了避免卷入父母之间性-权力的争斗而选择了自杀。也即，他经由死与人偶那纯洁的无时间性同化。

不过，我想提醒大家的是，《冬天的故事》里真正的反派其实是"时间"。第四幕的开头，"时间"以解说者的身份登场。

> 历史上尽管有什么古往今来／我是依然故我，往来自在／我看过往事重重的古代／也要看看花样翻新的现在／我要使现在的新鲜失掉光辉／犹如我的故事现已变得陈腐无味。

利昂蒂斯的敌人既不是波利克塞尼斯也不是赫迈欧尼，为他们和睦的家庭关系带去误解，往孩童房间的天真人偶乐园里塞入暗影的都是"时间"的腐蚀作用。如果不把"时间"掺和进来，第一幕里孩童房间里其乐融融、宛如画中的光景就可以永远定格下来。"时间"的介入也即死亡意识的介入。能使"现在的新鲜失掉光辉"的"时间"，自然也能使家庭的秩序崩坏，四分五裂。"时间"的这一分裂作用的结果是"死"，嫡子玛弥利阿斯的自杀是对王族世袭的最终否定。不过，和悲剧《奥赛罗》不同，这出喜剧并没有在这里落下帷幕。

玛弥利阿斯的死逆转了"时间"。好像"把沙漏倒置"一样，"时间"开始扭转由生到死的方向，也即由死流向不死。玛弥利阿斯向着童贞的无时间性的同化，是和利昂蒂斯带有阉割象征的悔悟联系在一起的。所谓悔悟，也就是从时间在利昂蒂斯在人际关系中留下的烙印——神经症和权力争斗中解放出来。利昂蒂斯专注地日日拜祭王后和王子的墓，舍弃了野心和生的冲动，把"对于男子来说如同希望之母的亲密伴侣"的死去面影看作星辰的光辉，对现实中一切的女人失去兴趣。"那是星，星！其他的眼睛全是乌煤"，从这个时候起，他和霍夫曼笔下的纳塔内尔一样，比起自然之女更爱幻象之女，比起人类更爱人偶。赫迈欧尼以石像的形象再度出现，是他这种现实感丧失的必然结果。和玛弥利阿斯那样未经世事的孩子不同，他的双手已经染上脏污，无法以纯洁之身赴死以逃脱时间的束缚。不过，他仍可以在活着的同时通过象征性的阉割仪式进入无时间的世界。也即，完全疏离人类现实中最现实的部分，像是向着幼儿期的感性退化，比起人类更喜欢人偶（或者应该说是以人偶形象出现的人类）。由于身为国王的利昂蒂斯变身为孩童，王宫里的人们一下子都散落到了木马和人偶中间——不再有现实中的人——王国变成一个孩子的房间，变成等身大的玩具之国。整出剧开头被"时间"玷污而染上阴影的孩童房间，以整个王宫（或说世界）的宏观规模被漂白、再生并最终得以回归原初的状态。

在利昂蒂斯悔悟过后，所有场景里的实体和虚像开始互相替换。并不是从真实中生出了虚假（误解），而是虚假生出的一个个真实使误解得以消除。在虚像和谎言大显身手的波西米亚春季祭典上，出场人物没有一个人展现自己的真实面目，而几乎都进行了变装。在最后一幕中，佛劳利泽说的谎成了暴露帕蒂塔公主真实身世的契机，赫迈欧尼也是因为鲍丽娜的谎言才现身的。倒不如说，如果没有谎言，这出剧里根本就不会出现真实。这种全面的颠倒之所以能够成立，是因为"时间"的流动方向已经和第二幕之前相反，时间和无时间发生了互换。所以，"时间"的含义发生改变，从分解者彻底转变成建构者。利昂蒂斯从受制于"时间"的人变身为制约"时间"的不死之人。正因为此，他才能和已经变成人偶的赫迈欧尼共同生活下去。也就是说，赫迈欧尼并不是由人偶复活成人，而是以人偶的形象复活。在接受这一简单事实的同时，利昂蒂斯取回了全部的现实，正如那个像被附了魔法似的重获生气的孩童房间。孩童房间就是整个世界，整个世界就是孩童房间。换成大剧作家的说法：现实世界就是一个充满假象的剧场，剧场这个无时间的空间正好严丝合缝地罩住现实世界的时间，从而创造出一个"世界剧场"。

在失去抑或拒绝一切人类现实的同时，所有逝去的人就会以人偶的形象再度出现，世界就这样地被重构成一个孩童的房间。我刚才说过，赫迈欧尼不在"生—死—生"的回归循环里，这是因为，如前文所示，她处于"生—死—不死"（"自然—人造—超自然"）的运动之中。重新出现的"生"，和之前的"生"看上去毫无二致，却又闪耀着超越自然的奇异光彩。

顺带一提，第四幕以后尤其惹人注目的巴洛克式祭祀空间和风格主义神圣骗术，是把舞台营造成人偶（女神像）主宰的超自然奇异空间的必要步骤。为了向冥府请愿，让被诱拐的珀耳塞福涅[1]重回人间而举办的春季祭典（民众的祭祀空间），为恒常的世界引来救济般的超自然之光。现实被承认的同时，超自然也没有被否定。与世界的和解也即世界的扬弃。现在，被隐藏起来的光得以在世界显现，瞬间就覆盖住了世间万物，把存在送回它最初的居所——冥府的黑暗之中。于是，因为被存在覆盖而隐藏起来的光完全充盈天地。世界在和解中走向没落。那个可能有流血和杀伤的人之世界，转变成一个冲破时间束缚，不可能流血的人偶世界，转变成一出无时间的清净母胎在

---

[1]. 珀耳塞福涅（Persephone），希腊神话中冥界的王后，主神宙斯和大地之神得墨忒耳的女儿，冥界之神哈迪斯的妻子。

其间掌管一切的半人偶剧。这就是《冬天的故事》的真正含义。不过，让我们先暂时脱离风格主义的 17 世纪，来关注一位生活在近代市民社会的人偶爱好者。《冬天的故事》流血和救济的主题在那之后又出现过好几次。

> 人只在观看的时候是自由的。但是，他在观看的同时，又从人类社会的全体和自然的全体中脱离出来。
>
> 文学性的 19 世纪最具有持续性的原理之一是，相对于社会和政治有机体而言，自然之中栖息着反-世界的因子，人能够从冲突不断的历史的社会关系中脱身，投入自然的怀抱。这样一来，时间也会变得出奇缓慢，充满母性。
>
> 霍夫曼恐怕是他那个世纪的德国作家中唯一一个完全没有投入自然怀抱想法的人。他并不像戈特弗里德·凯勒那样，因为历史的社会关系中有某种让他感到舒适的东西，便在这一时期里看着自己顺应潮流的姿态。霍夫曼没有偏向任何一边。
>
> ——《自动人偶之眼》

写下这些话的是霍夫曼的研究者彼得·冯·马特。是从社会关系中脱离而回归自然，还是顺应社会关系？是选择退化式地融入共同体，还是选择和他人步调一致，融入千人一面的社会？如果说这是一道出给19世纪艺术家们的单选题，那么另有一些"观者"可以选择不站队，享有完全的自由。但是，这种不属于任何一方，毫无束缚的自由正是问题所在。"观者"的自由到底是什么呢？

E. T. A. 霍夫曼有一部作品叫作《法伦的矿山》，同样题材的作品还有赫贝尔的《意想不到的重逢》（1810年）和霍夫曼史塔的《法伦的矿山》，想必很多读者都有所耳闻。霍夫曼《法伦的矿山》的故事基于一个真实事件：1670年，瑞典法伦铜山的矿洞里，一个年轻的矿工掉进了岩石的缝隙中，在绿矾中溺亡。矿工于五十年后，也即1719年被发现时，尸体仍然保持着年轻时俊美的样貌。矿工被发现时，之前与他有过婚约的女性尚在人世，也唯有这位迟暮的新娘能认出他的模样。这个奇妙的事件当然引起了自然科学家们的兴趣。而它第一次作为文学主题出现，则是在浪漫派哲学家戈特希夫·海因里希·舒伯特《在自然之夜的周围》（1808年）中的插叙《法伦的矿工》里。霍夫曼短篇的灵感也来源于舒伯特。

在真实的事件里也好，在赫贝尔的《意想不到的重逢》中也罢，年轻矿工都是始料未及，突然跌进矿洞的。但在霍夫曼的故事里，矿工却通过一个预言式的梦提前知道了事故的发生。年轻的矿工埃利斯·普雷博姆是东印度公司远洋船的船员,他抛弃了海上的生活和海边的故乡,进入了法伦矿山。在从海(水)走向不毛的岩石地带之前,他还经历了母亲的死亡。在母亲(自然)死去的同时,孕育生命的水被蒸发干涸。对于第二位母亲——喧闹港口(社会)里一同玩乐的同伴和象征着性的贫贱温柔娼妓,他也选择了无视。正如他在酒馆里偶遇的奇怪老人预言的那样,他"希望让生命消失,现在一心只想赴死"。

在预言式的梦境里,他期盼的死首先变成"死去的母亲"呼唤他的声音,接着又变成可怖的"山之女王"。当他"看到这强大女人僵硬的脸时,感到自己的自我逐渐溶解,变成闪闪发光的岩石"。惊异的梦境残响上演欢喜和惊愕的二重奏,在他醒来之后仍旧余音绕梁。"山之女王"的脸有如见者都要变成石头的美杜莎一样可怕。不过,这种恐怖其实就是从生这一侧看到的她的表情。从生这一侧看,他对法伦矿洞的荒凉也进行了比喻,原文的描述如下:

> 埃利斯·普雷博姆勇气十足地前进,然而,当他来到恐怖的地狱底层跟前时,血管里的血顿时冻住。看着眼前无比破败的光景,他全身变得僵硬(中略)……在深渊底部骇人的荒芜之中,随处可见瓦砾和矿渣——烧过的矿石四处散落,燃烧时产生的蒸汽好似地狱煮的一锅汤汁,麻痹神经的硫磺烟雾源源不断地从深渊冒出,目的是毒杀构成自然之绿的一

切快乐。

那张虚无、反母性的脸就出现在这里，毫不留情地将生命之绿赶尽杀绝。然而这虚无的恐怖说到底不过是从生的这一侧看到的表象，她的内部则如同被珊瑚、贝壳和头足类动物装点得五彩斑斓的深海，是一个绚烂绽放着金属之花的矿物天国。闪耀的石地板、祖母绿的墙壁、如血一样鲜红的石榴石制成的枝形吊灯、被石笋覆住的壮丽天顶……以女王之姿驾临这一矿物宫殿的正是那个骇人的"山之女王"——一个金属化了的矿物新娘。这里不是洋溢着生命活力的女性的居所。对于对地上女子的无常魅力留有牵绊的埃利斯来说，这个不识时间的老化和腐蚀作用的纯洁宫殿，既藏着难以抗拒的欢乐，又是难以接近的恐怖国度。但他终于还是为矿物新娘的塞壬之歌所魅惑，欢喜和恐怖的二重奏也还原为纯粹的快乐。《沙人》里的纳塔内尔受金属新娘奥林匹娅的诱惑坠入恐怖的深渊，与之相反，埃利斯在"至上的幸福"中抛弃了地上世界的一切，急不可耐地来到矿物新娘的身边。他忽然醒悟，真正的应许之地不在地上，而在藏有对应着天上星宿的矿石的地底世界。婚礼当天，埃利斯毅然决然地和新娘乌拉告别，朝着山之女王的方向进发。

婚礼当天早晨，埃利斯扣响了新娘的门扉。新娘打开门,看到早已穿上婚礼衣裳的埃利斯,他死人似的苍白眼睛里默默跳动着暗色火花,新娘不禁因为害怕而往后退了一步。"我,"埃利斯用低沉而又有些颤抖的声音说道,"我从心底爱着乌拉,这句话我一定要亲口对你说。我们马上就要到达这只赐予地上的人的至福之巅了。昨夜我把一切都想清楚了。在地底矿洞里的绿泥石和云母深处,樱桃一样红艳的铁铝榴石封印着我们的生命清单。你必须接受我送给你的这件结婚礼物。如果我们带着诚实的爱去窥探那比最了不得的、血一样鲜红的石榴石还要耀眼的光辉,就能清楚地看到,我们的内面是如此接近这些奇迹光线,这些光线从大地中心的女王的心脏向外发射。我需要做的仅仅是把这块石头置于光天化日之下,而这也正是我将要做的。吾爱乌拉,永别了!我不久就会归来。"

埃利斯的婚礼礼服不是为地上的新娘乌拉准备的,而是为矿物新娘准备的。他受地下新娘的诱惑而决心前往的绿矾宫殿就是一个透明的精神囚牢。既远离自然之绿,又背弃社会关系,埃利斯自我封闭的姿态必然会让自己变得像蜡屈症[1]患者一样机械性地运动或静止。被禁闭在法伦

---

1. 蜡屈症(catalepsy)为古代旧说法,现代的叫法是全身僵硬症、强直性昏厥。症状一般为全身僵硬,不能动弹,呈昏死状,严重时可危及生命。"蜡屈症"这种说法的来历可能是因其发作时的症状就像用蜡包裹住身体,使身体僵硬,无法屈伸活动。

矿洞里的埃利斯像是一个无法和自然合体，也无法跟上社会的脚步，只能在萧瑟孤独中全身僵硬、永远困在这一方天地里充当看客的艺术家的自画像。约翰·彼得·赫贝尔在《意想不到的重逢》中写道，在矿工被锁在地下不得动弹的五十年里，地上的一切都已被时间腐蚀而完全变形。"在这段时间里，葡萄牙的里斯本遭遇地震，七年战争[1]结束，弗朗茨一世驾崩，耶稣会被解散，波兰分裂，女王玛丽娅·特蕾莎驾崩……"然而，地下的矿工却丝毫不为所动，年轻的肉体没有受到丁点的损毁。他的眼珠如玻璃做的义眼，注视着对他没有束缚而同时他也无法接触的一切。木乃伊化的他同时拥有观看的"自由"和"虚无"，这正是山之女王让人恐惧和令人沉迷的两义性的比喻。

说起来，在霍夫曼的作品中，不止矿工埃利斯，和蜡屈症患者、机器人偶、梦游患者一样缺少生物的暧昧，行动时有如僵硬无机物的人物不在少数。这些人物都陷入了机械式的自动状态。《丝蔻黛莉小姐》里的金银工艺品匠人卡迪拉克为了从别人手中夺回自己制作的宝石和贵金属，像失去理智的自动人偶一样犯下冷酷的杀人罪行。《吸血鬼之女》里的男爵夫人在间歇性蜡屈症发作时就会晕倒，那姿态就和奇诡的发条人偶一样。如果对埃利斯·普雷博姆在婚礼的早晨与乌拉说起的地下闪耀的铁铝

---

1. 七年战争（Seven Years' War），发生于1756年至1763年，是当时世界上的主要强国争夺贸易、殖民地和霸权的一场战争。

榴石、天上的星宿和内心的道德之光的对应关系穷追不舍，人类就必然会变得像无机物。如果接收天上的母亲索菲亚的爱之光的是内心的道德和地下的石榴石，那么欲和天上之光合体的人就必须舍弃肉体这层衣裳。马特精妙地论述道：

> 逃脱了时间的人们，完全追随"石榴石"从而捕捉到唯一可能的幸福和唯一真正的美的人们，也同时失去了和自己身体的统一性，变得僵硬。他们变成金属、化石、人偶、机器。他们对自然、社会、恋人唯我论式的否定最终变成对自己的有机肉体的否定。肉体则自然变成一间坚硬而冷淡的密室，当事人无法逃脱。

这段话让人联想到分裂症患者对外部世界和自己身体的陌生感。这不仅体现在霍夫曼的小说之中，它也同样在卡夫卡笔下那位被困于"坚硬的密室"中、变形为甲虫的格里高里·萨姆沙身上应验。它还让我们想起写下"天上有星辰灿烂，心中有良心照耀"的箴言，"完全追随石榴石"的哲学家康德的生活。这位哲人道德的生活被哥尼斯堡的市民们用于计时，这本身就是一种像机械式自动人偶一样规则运转的活动。想来，对于星辰、道德和矿物的憧憬，不过是对穿透天、地、冥府的那道光的一种反射形式。

那么，矿物化之后的世界是怎样的呢？霍夫曼《跳蚤师傅》的主人公佩雷格林纳斯·提斯在幼年时是个典型的蜡屈症患者，发作时的样子大概是这样的：

> 他丝毫看不出有什么肉体上的病痛，但却连着几周日夜不歇地叫嚷，时而忽然陷入沉默，全身僵直，一动不动，仿佛失去知觉。他看上去没有任何情感，那张让人联想到无生命的人偶的小脸上，哭也好，笑也罢，都不会留下哪怕一丝表情。

少年佩雷格林纳斯的母亲对这台"小型自动人偶"感到焦急不已，便找孩子教父的夫人商量对策。夫人说，只要给孩子一个"色彩极其鲜艳，但到头来还是会让人腻烦的小丑人偶"就好了。母亲听从建议，给了佩雷格林纳斯一个小丑人偶。然后——"孩子的眼睛因为惊讶而迸发出生气，嘴角微微上扬，露出一个温柔的微笑，伸手抓住人偶，随后紧紧地揽入怀中。"

自闭症少年顽固抗拒着包括母亲在内的一切人类，却仅借一个小丑人偶就实现了和外界的和解。虽然不再抗拒，但他并不是回归了人类的世界，而是化身为一个人偶，以其他人偶为伴开始了新的生活。

霍夫曼人生最后几年里写下的短篇《堂兄楼角的小窗》

具体描述了一个更加典型的矿物化之后的世界。小说情节是跛足的堂兄单手持着剧院的望远镜，从早到晚眺望广场上的人群，小说详细描写了人群充满活力和生气、庆祝节日一般的状态。不过，他对人群的热心，真的如汉斯·迈耶所言，是霍夫曼晚年亲近"朴素民众"的佐证吗？这篇小说里的"观者"是行动不便的瘫痪病人，而且观看时还要以望远镜作为媒介。被困在玻璃房窗旁的堂兄和被紧闭在绿矾里的矿工埃利斯的状况正好相反。问题并不在于地上那些靠着彼此的皮肤感觉共生的"朴素的民众"。望远镜里穿着五颜六色的衣服、如同提线木偶一样缓慢移动的人，比起现实中的人类更像是天眼之下的虫子。那不是等身大的现实，而是失去行动能力、只能靠这样一对义眼与外界接触的堂兄的愿望画像，也即在世界这个剧场里作为演员出场的豆粒大小的人偶——春季祭典里的民众们。请注意，他使用了剧场里常用的望远镜。城市的广场其实是虚构的场所，是还不存在的场所。如果不使用剧场望远镜，广场的民众就不会以这样的姿态出现。

少年佩雷格林纳斯、埃利斯·普雷博姆、窗边的堂兄和《冬天的故事》里的西西里国王利昂蒂斯都在经历了现实感丧失引起的全身僵硬之后，预感到了除此之外别无途径到达的乌托邦。这个人偶的乌托邦和自古代以来的维纳斯崇拜存在关联。皮格马利翁故事的变体之一是皮格马利翁把人偶变成了活人，但在更早的版本里，矿物新娘——

维纳斯的石像自己活了过来。梅里美《伊尔的维纳斯》等后世的版本甚至去掉了人类新娘这个角色。莎士比亚的赫迈欧尼雕像也好，霍夫曼的矿物新娘也好，遵循的都是皮格马利翁传说的早期版本。他们笔下的主人公们没有把石头新娘和矿物新娘变回人，而是沉浸在那让人无比沉醉的美杜莎的视线之中，自己变成石头、人偶，以这个新身份参加天上的婚礼。重点在于，不是人偶变成人，而是人变成人偶。人原本在死后才会全身僵硬，新郎却抢先披上名为蜡屈症的坚硬甲胄，在这越来越强烈的机械舞节奏中迎接矿物新娘的到来。

博斯[1]《人间乐园》里透明球体一样的玻璃制人偶的乌托邦宇宙，继霍夫曼望远镜里的侏儒之国后，又在瓦尔特·本雅明[2]对于巴黎全景的描述和在工匠的细密画手艺里感到时间静止的体验中重现。本雅明一边评论和霍夫曼一样喜欢金银工艺品匠人和宝石工匠故事的作家列斯科夫，一边得出这样的结论：细密画、象牙手工艺品、"轻薄透明、层层相叠的漆工艺品和漆画"这样依靠缓慢而反

---

1. 耶罗尼米斯·博斯（Hieronymus Bosch，1452—1516），15 至 16 世纪的多产荷兰画家。他的画作多是描绘罪恶与人类道德的沉沦。博斯以恶魔、半人半兽甚至是机械的形象来表现人的邪恶。他的作品画面复杂，有高度的原创性、想象力，并大量使用各式的象征与符号。博斯被认为是 20 世纪超现实主义的启发者之一。
2. 瓦尔特·本雅明（Walter Benjamin，1892—1940），德国哲学家、文化评论者。本雅明的思想融合了德国唯心主义、浪漫主义、唯物史观以及犹太神秘学等元素，在美学理论和西方马克思主义等领域有深远的影响。

复操作的手工艺都体现了"永远的思想",也即无时间世界在现世的比喻。(《讲故事的人》)匠人们,还有写作匠人故事的作家们呕心沥血、经年累月完成的精细工艺品,如同在自然的怀抱里酿成的珠玉般的葡萄酒,代表着四季恒常、不舍昼夜的劳动农民式永恒。正因如此,金银饰品和宝石才会在农民世界的首领——国王的额头上闪耀。然而,这个"把全世界幽闭于核桃之中"(莎士比亚)的蛋形王权象征在哈姆雷特的质疑下碎裂,惨遭肢解。《冬天的故事》后半部分的人偶乌托邦也是由这次肢解之后的碎片所构成的世界。如果说霍夫曼的水晶宫体现了形而上地重现被工业革命毁掉的旧世界的愿望,那么本雅明无休止的对于细密画手艺的欲望则以他幼年时期经历过德式青年风[1]装饰空间的崩坏为前提。被封闭于玻璃之中的永恒自然已成为过去,现在的永恒似乎只存在于制造、讲述、写作等表现意志能动性的活动中。自动化的工业技术把与自然紧密相连的手作工艺变得不可能实现。灵光(aura)被剥离,杜尚的《新娘甚至被光棍们扒光了衣服》只留下大玻璃板下方冷峻荒凉的"制服的坟场"(布勒东)。这就是结局。

不消说,矿物化的人的终极形态就是机器。对照"机器"一词的含义,技术时代的人类和自动人偶看上去简直

---

1. 德式青年风(Jugendstil),19世纪末20世纪初欧洲新艺术运动的一部分,得名于当时时髦的先锋派期刊《青年》。

没有什么两样。不过，技术时代的人类和自动人偶决定性的差别在于，自动人偶的制作者们大都把人偶设计成玩具或乐器，而技术时代的人类本身就是一种生产手段。未被夺去手作权力的人偶制作者并不像成群结队的社会革命家那样，要靠机器化了的无产阶级来"解放"全人类。另一边，投入自然的怀抱，从社会关系中解脱的人虽然能够体验到相对"缓慢而充满母性"的时间，但却无法体验人偶的无时间。人偶制作者梦想的是这样一种革命：当无机物化达到极限时，人们不再为人，而是变身成游戏的道具，变成演员、乐器。也可以说，在全身僵硬的症状的背后就紧接着一个乌托邦。正是从杜尚极为昏暗的"制服的坟场"中，我们才能看到被这群着制服的光棍扒光衣服的新娘那谜一般的姿态。

也许正因如此，霍夫曼的世界里完全机器化，变身成乐器和滑稽道具的人越来越多。《雄猫穆尔》里疯狂的乐队指挥克莱斯勒完全没了人样，而变成一个精巧的乐器。《布拉姆比拉公主》里的吉利奥·法瓦在自己的生活中扮演一个假象，他是极为出彩的演员——伶人。如果世界不是一场演奏会或一个剧场，他们就无法接受。

变身成乐器和演员的人们的集合体必然会构建祭典式的空间。《冬天的故事》里波西米亚的春季祭典和《法伦的矿山》里海边和村庄里的节日气氛就是这种祭典式空间的预告。祭典的目的是请求冥府让被诱拐的珀耳塞福涅回到人间，这并不是偶然。《法伦的矿山》全篇的主旨就是请求冥府让山之女王重回人间，而且，前面已经讲过，故事情节的发展严格遵循了维纳斯像崇拜的仪式。随着爱好人偶的新郎们变身成乐器和演员，维纳斯也好，索菲亚也好，玛利亚也好，观音也好，被流放到冥府中的光之圣母伴随乐声在手舞足蹈的民众中间现身。我认为，多有残疾的人偶制作者们的真实意图并不是造出一批高效的奴隶机器以弥补自己的残疾，从而回归社会，而是到达无须矫正残疾、恰恰是靠着残疾才能到达的异世界。在那里，他们可以和矿物新娘朝夕共处。在那里，如果失去了什么，只需把那失去的再制造出来。从艾尔伯图斯·麦格努斯的少女人偶到笛卡尔的少女人偶弗朗辛，从莎士比亚的大理石雕像到表现主义电影中铁造的天使。在这热切视线的彼岸，在天上星辰、地底矿石、人间道德三位一体的交点上，骇人而绝美的矿物新娘一定会作为待解之谜出现，等待着解谜的人。

怪物胎生考（代后记）

宙斯被强烈的头痛侵袭，赫淮斯托斯用冶炼工具切开宙斯的头盖骨，女神帕拉斯·雅典娜忽然从这颗头颅中出生。虽说是"出生"，但有别于一般的生产，雅典娜并非赤身裸体的婴儿，而已是头发浓密、四肢和乳房发育完全的成熟状态。不仅如此，她还携着象征"有判断力的战争"的长矛，诞生之时已是全副武装。

这恐怕就是人的诞生和人偶（非生物）的诞生最根本的区别。前者以未完成、未成熟的状态诞生于时间之中，期待着未来的成熟；后者则一开始就诞生于无时间之中，诞生之时就是完成品。世间有婴儿玩偶、少女人偶，也有表现贵妇成熟之美的人偶，它们都使时间冻结在了某个年龄，不再加增年岁，不会像人类的婴孩和少女一样成长、变样，从婴儿变成孩童，从孩童变成少女。人偶就像是一下子被组装起来似的。所以，由锻造的祖师赫淮斯托斯亲手取出的帕拉斯·雅典娜，一开始就是完成品。帕拉斯·雅典娜也即诺斯底派所说的"思想"（Ennoia），是创造而非生殖的结果，是头脑而非子宫的产物，是文化而非自然的结晶，正因如此，这位女神才拥有了司掌智慧的神格。泛自然的全能神宙斯的头中忽然出现的痛苦，正是"反自然的痛苦"（贝尔默）。B. 布洛克引用卡鲁日的说法，称这从生殖和进化的循环里逃逸、"从虚无中创造"的最初产物帕拉斯·雅典娜，为"最初的单身汉机器"。

世间不可能出现的另一种反自然的生殖是处女生殖。玛利亚没有和具有形体的丈夫发生过自然交媾，就经由神直接怀上了耶稣。所以未经两性自然结合的出生—共有两种，一种通过处女，另一种则通过单身汉"从虚无中创造"。在炼金术的瓶子里生成的何蒙库鲁兹等人造人无疑属于后者。简单地说，处女生殖是顺从神、接受神之意志而发生的奇迹般的创造，与此相对地，单身汉的单性生殖则是忤逆神的创造。若追溯刚才提到的雅典娜出生的源头，是这么一回事：有一个预言说，宙斯和墨提斯[1]诞下的一个儿子将变得比宙斯更强大，宙斯对预言感到畏惧，连墨提斯带胎儿整个吞入肚中，在自己体内转换胎儿的性别，"胎儿"最后破宙斯的脑壳而出。所以，帕拉斯·雅典娜的前身是害怕杀害父神的俄狄浦斯式逆子，知道这一点的宙斯先下手为强，扼杀了母子二人混乱又可悲的叛逆心，把儿子变性成了和"有判断力的战争"相称的智慧女神。总之，

---

1. 墨提斯（Metis），古希腊神话中的一位大洋神女。最初她是机智和计谋的女神，后来代表更广的智慧和沉思。

子为父神之子，既遵从命令传播福音，又划出自己的势力范围，时而侵犯父权。从生殖-进化的循环中逃逸，沉溺于单身汉机械制作的独神后裔们明显是后者所在的谱系中的潜在反叛者。换句话说，他们既是被生出的一方（或说子），又渴望来自神的天启，妄想自己能不经生殖的道路就成为神（或说父）。他们本质上是一群无神论者。

根据 B. 布洛克的定义，上述两种神话式的单性生殖里，处女生殖是"神的人化"，而单身汉创造则是"人的神化"。基督教的中世纪自然是以处女生殖的神话为基础的。另一边，"在希腊人的主流哲学里，比起神的人化，人们一直更偏爱人的神化"（B. 布洛克《处女生殖和单身汉机器》），所以，比起孕妇，希腊人更爱美丽的雕像，皮格马利翁和赫淮斯托斯等众多单身汉制造自动人偶的故事占据这个世界的中心也就丝毫不显得奇怪了。随后，16世纪的人们逃离基督教笼罩下的中世纪，转而让异教般的古代复活重现，所以难怪他们会沉迷于制作自动人偶，甚至相互攀比。借用吉冈实流的双关语，这些渎神的独身（神）们中毒似的人偶崇拜在 18 世纪的机器论学者之间都还十分流行。

然而，这发生在神和异神之间的古典主权争端也随着工业革命的展开而迎来了尾声。动力机器发明之后，以神与人之间的差距催生的精神能量来驱动的人类也好，仿照神与人的关系，同样以人神之差驱动的人偶也好，都不得不从主角的位子上起身。主宰包括人类、人偶等世间万物的原理，转由热能、储藏热能的自然以及自然的循环这三部分组成，发动机开始推动整个世界前进。

对世界的无神论式阐释似乎为祭祀异神的单身汉机器提供了理论上的依据。但实际上，单身汉们发明的自动人偶一个个都变成工业机器，变成和自身反生殖的荒芜属性格格不入的生产工具。（自动）人偶已然不是单身的铁匠、炼金术师和操纵神奇机关进行祭神仪式的祭司们所制作的圣器，而变成用传送带上流动的零件拼装商品的制服工人们的作业对象。对作为机械工作人员的单身汉们，刘易斯·芒福德这样描绘他们的古典肖像：

> 大机器的理想工作人员，要从免除家庭和其他共同体的责任、缺少一切人类感情的单身汉中征集。也就是说，在现实中，要从军队、寺院、监狱这样保持单身的环境中选人。实际上换句话说，分工就是人单独被禁闭起来，一生重复同一种作业，也即人的解体。
>
> ——《机械的神话》

正如后半段所暗示的一样，在今日的生产机器里分工合作的工人们，并不在与社会隔绝的寺院、军队和监狱里，而一生就被紧闭在处于社会中心的工厂和办公室里。更进一步地说，对此的接受代表了他们对社会的顺从。他们已然不是反社会的单身汉。农业社会里单身汉的非（反）共同体机能，随着动力机器的普及而注定一去不复返了。

那么，与机器相连接并脱离共同体，既在情欲方面沉溺于自慰，又一生保持荒芜的（反生殖的）闭锁状态的单身汉们，今日又身处何方？我想，他们也如霍夫曼在《沙人》里描写的一样，逃到了近代文学之中。近代文学跟与蒸汽机同时出现的物理学相伴相随，如同双生之影的另一半。文学和造型艺术过去被指定为军队、寺院和监狱的流放者们的活动场所，与这些流放者的关系有如卡斯托尔与波吕克斯[1]的分工合作者（市民）们，则都被束缚在现实的商品生产之中。要到什么时候，商品生产至上的社会才会死去，冥府才会沉落，不事生产的单身汉团体才能重见天日呢？

在杜尚的大型玻璃装置《新娘甚至被光棍们扒光了衣服》中，受到上半部分包含银河与新娘骸骨的四次元无形态世界的影响，下半部分，男性化的"制服的墓地"其机械刻板的运动所产生的能量，通过漏斗传递到巧克力搅拌机上，引发巧克力搅拌机的自慰（=射精），以释放画面外的窥视癖们的能量，然后又通过画面里见不到的拳击

---

1. 出自古希腊神话中双子星座的传说。卡斯托尔和波吕克斯为孪生兄弟。波吕克斯在卡斯托尔死后，哀求父亲宙斯让卡斯托尔复活，甚至愿用自己的生命做交换。宙斯大为感动，特准兄弟二人轮流在地上与冥间生活。

比赛重新注入装置的上半部分。画面上半部分的超自然领域和下半部分自我的领域，与窥视者（＝观众）丰富的本我相连接，进行着封闭、无限循环的运动。当然，在观众的介入下开始运转的这台自慰机器仅仅是以机器的方式运转，并不生产任何东西。虽然和依靠动力机器运转的机器看上去没有什么两样，但实际上却是毫无产出的反生殖-反生产机器。

杜尚的大型玻璃装置和卡夫卡《在流放地》里的行刑机器一道被卡鲁日认为是典型的"单身汉机器"，但这个把重点放在单身汉的自我上的称呼，还是容易让人误解，因为装置整体其实彻底被上半部分新娘的女性世界包裹住了。在生产机器死灭的同时开始运转的死的装置，不生产任何东西的静谧的永动机并不一定要单靠被完全隔绝起来的单身汉们来驱动。不如说，单身汉们就如墨提斯肚子里那个未出世的宙斯之子，一边暗中觊觎世界统治者的宝座，一边在大母神的保护下萌芽生长。这也就是"我"（＝单身汉）在"出生前的活动"（卡夫卡）。以被墨提斯包裹住的状态被宙斯整个吞进肚里，实际出生时又以男人变形后的女性形象帕拉斯·雅典娜出现。杜尚也以其他方式为这个变形做了预告：在曼·雷[1]拍摄的《厄露丝·塞拉薇》（*Rrose Sélavy*）中着女装的杜尚肖像（1921年），其女帽

---

1. 曼·雷（Man Ray, 1890—1976），美国现代主义艺术家。他为达达主义运动和超现实主义运动做出了巨大贡献。

和双手的部分是从杰曼妮·埃弗林-毕卡比亚夫人那里借来，和自己的肖像合成到一起的。单身汉杜尚在女性这一大母神的包裹之下，重生为两者的合成肖像厄露丝·塞拉薇，也即重生为神话中的帕拉斯·雅典娜。

值得注意的是，在这次生产中，生产者和促进生产者的角色发生了逆转。墨提斯原本是聪敏的女神，在克洛诺斯把自己的孩子一个接一个吃掉时心生一计，让克洛诺斯喝下某种饮料，这种饮料让克洛诺斯把吃下肚的子嗣又一个个吐了出来。也就是说，墨提斯让身为男性神祇的克洛诺斯生下了孩子。对于宙斯来说，她的角色也是同样，她让没有出生的男孩从宙斯的脑袋里破壳而出。本来应为生产者的墨提斯让本来应为促进生产者的宙斯生出了孩子。这样一来，宙斯不得不接受变性女子的角色定位，父与母的身份互换，本该以男性性别出生的婴孩也在胎内变性为女性。

智慧女神帕拉斯·雅典娜诞生的同时，希腊化时代的文化世界百花齐放，这离不开上述对父神的复仇（与和解），所有登场人物都要扮演和原本的自己完全相反的角色。在聪敏的墨提斯的设计下，父神经由女性化第一次成为文化之父，儿子则变身为女性，越过吞下、阉割自己的父亲所设下的障碍，得以顺利降生。这就是帕拉斯·雅典娜所掌管的"有判断力的战争"的含义。

随着工业社会的确立，被父亲吞入幽暗腹中的单身汉机器经18世纪以来的作家、艺术家，一直延续到马塞尔·杜尚的作品中，始终在"父亲的胎内"蠢蠢欲动，期待着明日的降生。在1974年出版的本作初版中，我简单描绘了单身汉机器从在古代的白日下嬉戏到在近代的阴影中沉沦的谱系图。现在，我必须先认识逆转局势的大母神墨提斯那巧妙的谋略，悄悄把精力用于研究"出生前的活动"中变性的反讽。请允许我就此搁笔。

*

以上是我为1979年青土社出版的《种村季弘的迷宫》第六卷《怪物解剖学》写的文章（代后记）。本书的单行本初版由青土社于1974年7月出版。如首次刊登一览所示，这些文章是从《Eureka》1973年一月号起，为该杂志撰写的连载文章。

在杂志上发表这些文章也已经是十几年前的事情了，借着文库版出版的契机，我修改了一些字句和行文，力图使文意变得更为平实。

编辑文库版的时候有赖内藤吾先生的大力协助，我在此表示感谢。

1987年1月16日
种村季弘